ANO DA FOME
AKI OLLIKAINEN

Tradução: Pasi Loman e Lilia Loman

Prólogo

As toleteiras guinchavam como um pássaro. Dois lúcios magros estavam no chão do barco. Eles pareciam mais cobras do que peixes. Eles não se debatiam mais; o frio os deixara duros. Suas mandíbulas estavam abertas, o sangue ainda escorrendo, misturando-se com a água em pequenos redemoinhos em torno dos pés de Mataleena.

Mataleena mergulha a mão no lago gelado, deixa-a deslizar preguiçosamente pela lateral do barco até o frio fazer suas juntas doerem. O vento arranca ondas da água. O céu refletido é partido, fragmentário, como se houvesse sido despedaçado.

Juhani estica o pescoço musculoso como uma garça, olhando para cima. Mataleena observa o rosto de seu pai, depois o dorso do nariz estreito e, finalmente, o céu, que parece uma colher de prata imensa sobre o lago.

– Eles já estão indo para o sul – diz Juhani, suspirando.
– Quem?
– Os cisnes.
– Não vejo nenhum pássaro.

– É porque eles já se foram.
Juhani olha para baixo, para Mataleena.
– Bom, pelo menos conseguimos peixe.

***

Juhani puxa o barco entre os arbustos. Marja vem encontrá-los. Ela coloca Juho no chão e Mataleena pega a mão de seu irmãozinho. Marja olha para o interior do barco.
– Que peixes magros.
As árvores na outra margem espalham reflexos negros sobre a água. Em algum lugar, uma mobelha grita. Logo, ela também voará para o sul.
Eles caminham pela floresta, por um caminho estreito. Quando Marja se abaixa para olhar para as airelas vermelhas, ela ouve um sibilo rápido e raivoso, como se um tição em brasa houvesse sido derrubado na água. Ela grita, dá um salto para trás. Ao pôr os pés no chão, perde o equilíbrio e cai sobre os arbustos. De início, ela vê pontos fora de foco: as airelas pálidas, flageladas pela noite gelada. Então, olha na direção do sibilo e, lentamente, uma espiral negra adquire a forma de uma cobra. Seus olhos têm a cor de bagas congeladas, seus dentes duplos se parecem com sincelos. Mas a serpente não quer atacar, ao contrário, apenas sibila.
Juhani dá um passo à frente, com uma grande pedra na

mão levantada. Então, ele ataca – Juhani, não a cobra. Ela fica encurralada pela pedra.

De uma só vez, Marja expele o ar que o terror prendera em seu estômago. Juhani se aproxima e a ajuda a se levantar.

– Coitada. Já estava atordoada com o frio. Não conseguiu escapar.

Marja olha para a pedra, é como se ela pudesse ver a cobra através da pedra cinza.

– Ela ainda está viva?

– Não – responde Juhani, se abaixando para pegar a pedra.

– Não pegue, pelo amor de Deus! Deixe como está. Não quero vê-la.

– Tudo bem.

***

Um chiado suave, quando o pedaço de madeira ardente toca a água no balde. A luz fraca consegue desenhar o perfil da sombra de Juhani na parede quando ele se levanta da cama, levanta o vestido de Marja, coloca as mãos em seus joelhos e abre suas pernas. Marja segura o pau duro de Juhani. Ela também o quer, mas seu medo é ainda maior do que seu desejo ardente. E se ela ficar grávida? Outra boca a ser alimentada nesta miséria. Marja empurra Juhani para o colchão. Ele suspira, tentando esconder sua decepção.

Marja move a mão lentamente para cima e para baixo,

apertando o membro de Juhani. Um gemido de entrega escapa de Juhani. Ela coloca a mão livre entre suas pernas. Ele goza primeiro. Marja morde a gola da camisola, ondas passam pelo seu corpo. Depois disso, se sente vazia novamente. Ela acaricia o membro flácido de Juhani e pensa em peixes magros.

Outubro de 1867

É necessário sacrificar o peão. Caso contrário, a rainha branca encurralará o rei em um canto e o bispo, que está a algumas jogadas, não terá tempo de vir em socorro.

Lars Renqvist tem de admitir que a situação no tabuleiro parece irrecuperável. Teo bate os dedos na beira da mesa irritantemente.

– Por que você não desiste logo? – diz ao irmão. – Ou vamos parar por hora e continuar numa outra vez.

– Está bem. Terminaremos o jogo na próxima vez que nos encontrarmos – responde Lars.

Teo se diverte observando o rosto do irmão enquanto ele examina as peças no tabuleiro. Nota que Lars adquiriu o hábito de franzir a testa como o seu superior no Senado, que ele adora.

– Na minha opinião, aquele seu senador está errado – diz Teo.

– Você não compreende a essência deste povo. – Lars suspira e se levanta para colocar uma concha de ponche em copos pequenos. Enquanto passa um dos copos para Teo, continua: – Temos que oferecer trabalho às pessoas. Se você começar a lhes dar comida em troca de nada, acabará em um buraco sem fundo. Nosso dever mais urgente é assegurar trabalho para os desempregados.

– Trabalhar é pouco útil, se não há comida para

comprar com o salário.

Lars está ficando agitado. O senador conseguiu um empréstimo de Rothschild sem garantias. Foi apenas possível fazê-lo por causa da boa reputação do país. Não se pode deixar que o temor diante do primeiro obstáculo coloque em risco essa confiança.

– Não entendo por que você não compreende – dispara Lars.

Naquele momento, as portas do salão são abertas e Raakel entra com uma bandeja de chá, que coloca na mesinha. Na hora certa, Lars respira fundo, acalmado pelo olhar carinhoso de sua esposa.

Raakel é mais sábia do que seu irmão, Teo acha. Ela já teria a esta altura resolvido o problema da mendicância, se alguém tivesse o senso de lhe perguntar. Teria encorajado todos a voltar para casa, lhes teria dito que só haverá comida quando encontrarmos uma panela grande o bastante. Agora é só necessário ter paciência e esperar.

– A ideia era que os empreendedores conseguissem fornecimentos emergenciais de grãos. Era essa a proposta do senador, e ele tinha razão. Não era sua culpa que os comerciantes não houvessem se organizado. – Lars soa como um pai paciente, explicando algo ao seu filho pela sétima vez.

– Até agora ninguém teve tempo de encomendar grãos. Afinal, você não pode suplicar a um padre que dê o casaco a um de seus semelhantes da mesma maneira que não se pode pedir a um comerciante que alimente os pobres – diz Teo.

A menção dos padres silencia Lars por um momento, e Teo imagina que seu irmão ainda se sinta culpado por nenhum deles ter atendido ao desejo do pai de que eles se devotassem à teologia.

– Conheço alguém que daria o casaco para as putas de Punavuori – diz Raakel.

– Sou um médico dos pobres, como o grande Paracelso – diz Teo, abrindo os braços.

– As putas de Helsinque não têm com o que se preocupar com nosso Paracelso cuidando delas.

Lars cai na gargalhada. Ao partir, Raakel bate a porta triunfantemente. Teo também se diverte enquanto imagina o sorriso de vencedora nos lábios de Raakel por ter a última palavra. Que mãe boa Raakel seria, se ela não fosse estéril. O problema, porém, pode ser de Lars, Teo acha; sua família pode estar condenada a ser extinta com os dois.

Talvez esse seja o cerne da questão. A fome elimina os cidadãos mais fracos, da mesma maneira que um jardineiro poda os galhos ruins de sua macieira.

Depois que Teo partiu, Lars voltou novamente sua atenção para a situação no tabuleiro. Com o peão, ele podia ganhar um pouco de tempo para mais algumas jogadas, mas, mesmo para conseguir um empate, Teo teria que cometer um erro colossal. O jogo está perdido e Lars tem a sensação de que Teo o interrompeu de propósito. Talvez ele só quisesse dar a Lars tempo para analisar a situação, para perceber a irrecuperabilidade de sua posição.

Em sua mente, Lars vê a expressão cruel do senador enquanto diz rispidamente:

– O contador-assistente tem algo mais a dizer? Já ditei minha mensagem, agora vá e entregue-a.

Um mês se passou desde então. Lars ficara à porta do senador, segurando um telegrama do governador Alftan. Porém, ele tomou cuidado para não amassá-lo, visto que o senador assegurara o direito de amassar telegramas e jogá-los com raiva pela sala. Ao norte, os grãos acabaram e Alftan queria socorro imediato. Lars era um simples mensageiro, mas o senador dirigia sua raiva a ele. Talvez a situação lá em cima seja absolutamente terrível, Lars tinha coragem de dizer. Com certeza é, ao menos na economia doméstica, o senador respondeu. E Lars deixara a sala acompanhado de xingamentos. De início ele odiou a si mesmo, odiou sua atitude vacilante e depois todos os Alftans deste mundo, burocratas que apresentavam fraqueza em uma dificuldade, rendendo-se diante da primeira rajada de vento e deixando um grande homem como o senador sozinho. Por último, xingou os fazendeiros burros do interior do país – proprietários de terra gordos e preguiçosos que se livravam de seus empregados para que eles ficassem com mais para si, embora, por direito, devessem alimentar seus pobres, sejam eles trabalhadores ou mendigos.

– Ela já encerrou para o outono – diz Raakel.

Lars assusta-se e olha para a esposa com curiosidade.

Ela está de pé ao lado da rosa-da-china, passando a mão gentilmente nas folhas verdes.
– Nem uma única flor em mais de uma semana.
– Verdade? Antigamente ela dava flores até depois do Dia de Todos os Santos, não é?
Lars se força a se levantar, vai até a esposa. A mesma melancolia a arrebata toda vez que a rosa-da-china começa sua hibernação e ela, mais uma vez, é privada de um objeto para sua dedicação e amor. E se a rosa não florescer de novo? O mesmo medo todo inverno, a mesma frase toda vez quando Lars retorna do trabalho e encontra a esposa acariciando as folhas do arbusto de rosas.
– Haverá outras na primavera.
– Talvez, talvez. Só que agora tudo o que é belo parece murchar.

***

Um homem com um turbante cavalga pelo deserto, uma donzela com um véu nos braços; ao fundo, um palácio dourado pelos raios do sol que se põe.
Cecília se agacha nua sobre a bacia e lava as virilhas. A água escorre pelos seus pelos púbicos escuros, alisando as pequenas ondulações; gotas caem de suas pontas na bacia. Ela se estica e coloca as mãos sobre os joelhos enquanto se agacha e abre as pernas um pouco mais. A vulva ainda está

aberta depois do coito.

– Parece bobo, você assim de boca aberta – comenta Cecília.

Teo passa para a mulher um pano de linho para que se seque.

– Qual o seu nome, quero dizer, seu nome de verdade?

– Cecília não está bom para você? É Elin. Mas a senhora quis chamar-me de Cecília. Na verdade era Cecile.

– E você é realmente sueca, de Dalarna?

– Sim.

Só que uma hora depois ela pode ser de Ulrika, na Polônia, se isso for necessário. Ela empurra a bacia para debaixo da mesa, mostrando as nádegas para Teo, levantando-as mais do que o necessário. Sua manobra tem o efeito desejado. Teo tenta ficar de costas para ela, mas está preso no lugar, os olhos colados às nádegas nuas, à pele clara que ainda apresenta marcas do colchão. Ela sabe que tenho que ir, Teo pensa. Ele fica sem ar. Cecília pega um vaso de porcelana ao lado da bacia e se agacha sobre ele. A mulher mijando excita Teo, mas ele resolve não deixar que ela ganhe este jogo. Pelo menos, ele não quer revelar sua derrota.

– Você é uma garota do interior, não há como negar isso.

– Este lugar não é nenhuma São Petersburgo. Sua cidade natal é um vilarejo horroroso em uma ilhazinha maldita.

– Não quis ofendê-la. Só quis dizer, você é quem você é.

– O quê? Uma garota do interior? Por que eu iria querer ser isso? Talvez isso seja o que você quer; eu, não.

Teo ajuda Cecília a colocar o espartilho. Na medida que

aperta as fitas, ele vê o peito da mulher crescer como pão quente.

Cecília senta-se em frente da penteadeira e prende os cabelos em um coque. Um galho sem folhas bate no vidro da janela e cai escorregando.

— Você na verdade não aprova o que eu faço. É por isso que você quer fazer de conta que sou somente uma garota inocente do interior. Por que você acha que estou aqui? Se você me ama, ama uma meretriz. Está pronto para isso?

Teo não responde. Ele se concentra em dois fios formados pela chuva, para ver se um alcançará o outro antes que a moldura da janela os pare, matando-os.

Cecília beija levemente o rosto de Teo.

— Você paga caro para dormir comigo, embora você possa me pegar, me levar para casa e me ter de graça.

— Eu não poderia ser visto andando em público de braços dados com uma mulher da vida.

— Mas eu sou só uma garota do interior inocente, de Dalarna — responde Cecília, subitamente com um tom frio e sarcástico.

— Não. Você sabe o que as pessoas diriam. Um escândalo como esse significaria que eu não poderia mais exercer a medicina nesta cidade.

— Você acha que eles já não sabem? Quem quer que sejam eles.

— E não pago por isso — diz Teo.

Agora Cecília está completamente vestida. Ela está sentada na única poltrona do quarto e coloca uma perna sobre a outra com facilidade. É adequado a um cavalheiro se dirigir aos criados naquela posição, mas, na opinião de Teo, a postura não era apropriada para uma mulher. Mas mesmo assim, ela era natural para Cecília. Teo enfia as mãos nos bolsos para que elas não ficassem penduradas como um cocheiro inferior diante da prostituta orgulhosa. Ele balança o corpo em pé da mesma maneira que lembra que Matsson e outros estivadores fazem às vezes.

– Sim, você oferece um serviço para a senhora. Você protege a sua reputação; ela pode dar garotas limpas para o inspetor médico. E, como pagamento, eu durmo com você. Isso, querido Teo, é conhecido como comércio.

– Estou fazendo isso para você. E porque me importo, com você e com os outros.

– Acredito em você. Você está fazendo tudo isso para mim. Só que você passa tão pouco tempo em meu mundo. E eu não passo nenhum no seu.

Ela é sagaz demais para uma garota do interior, Teo pensa. Essa inteligência leva embora sua inocência. E ele nunca pode ter certeza quando Elin está falando e quando é Cecília, e se isso faz alguma diferença.

– Qual é você, Elin ou Cecília?
– Aqui sou sempre Cecília.
– Devo ir procurar por Elin em Dalarna?
– Elin está morta.
– Ela não pode ser ressuscitada?
– Só você tem o potencial, mas não tem o que é necessário. Você não é nenhum Jesus. Falta-lhe coragem.

O quarto ao redor de Teo encolhe, tornando-se abarrotado. O sorriso no rosto da princesa beduína é vazio, imposto pelas exigências de seu papel. É por isso que o cavaleiro também não está rindo. Sua sobriedade não é derivada de uma serenidade altiva. O artista se desenhou, ao compreender que a cena estava congelada por toda a eternidade e que o palácio à beira do deserto era uma simples miragem.

– O crânio do carteiro foi dilacerado com um único golpe. Suas costas foram abertas como se ele fosse ter a pele arrancada. Havia sangue correndo pelo monte Mustamäki. Foi Janne Halli quem o fez, aquele homem bruto, de cabelos escuros e bonito. Quase tão mau quanto aqueles bandidos de Ostrobotnia, na Finlândia ocidental, mas você quase não encontra tipos brutos como esses em outro lugar.

– E é daí que eu venho também. – O velho excêntrico agachado conclui sua história sobre o assalto com morte em Kuorevesi.

Teo acha difícil determinar a idade do homem. Sua fala e voz pertencem a um jovem, mas seu rosto é tão enrugado quanto o de um serviçal velhíssimo. Teo se lembra de ter lido sobre o assassinato de um carteiro no jornal *Dagbladet*, o crime causou uma comoção em todo o grão-ducado. Afinal, a vítima era um funcionário público.

– O cavalo de Janne Halli trota sobre o gelo em Kuorevesi... – O homem de Ostrobotnia começa a cantarolar.

A canção é interrompida quando um grande polonês

senta-se no banco ao lado do velho, coloca um braço em volta dele e começa a cantar algo em seu próprio idioma. O velho tenta se soltar do polonês, ele está tão bêbado que nem nota o homem menor se contorcendo.

– *Doktor, doktor, doktor* – balbucia o polonês, com um olhar vazio para Teo.

Teo sabe que o melhor jeito de se livrar do homem é oferecer-lhe uma bebida. Ele acena para que a proprietária venha e lhe pede alguns destilados. Ao ouvir isso, o velho que se dizia de Ostrobotnia estica o pescoço e vira a cabeça nervosamente de um lado para outro, com os olhos procurando a proprietária.

– Nada para você – diz ela secamente.

Com jeito, Teo pede que ela o sirva e o velho estica o braço, segurando seu caneco, exultante.

Com a bebida nas mãos, o polonês nota uma mulher sentada a uma mesa de canto, se levanta e vai cambaleando até ela. A mulher não perde tempo e coloca o braço em torno do pescoço do homem; ela ri alto enquanto ele apalpa seus seios. O homem que está com ela não liga, apenas sorri e se apoia contra a parede. Ele tem uma faca enfiada na bota. Teo fica olhando a faca por tempo demais.

O homem olha para Teo, esfrega o queixo, puxa a manga da mulher discretamente e faz um sinal com a cabeça na direção de Teo. A mulher começa a encarar Teo ardentemente, lambendo lentamente seus dentes da frente. Provavelmente, o gesto tem a intenção de ser sedutor. Ela se solta do polonês.

A proprietária finge não notar a dificuldade de Teo. O velho também não lhe oferece nenhum apoio; ele murmura algo sobre Janne Halli para a gota restante de destilado em seu caneco.

Quando a mulher se levanta, o polonês despenca para a frente sobre a mesa.

Naquele momento, Matsson entra na taverna e atravessa a pequena sala com alguns passos largos. A mulher olha para Matsson, com decepção, depois para seu acompanhante, que simplesmente acena, entregue. A mulher começa a acordar o polonês sedutoramente.

– Bem... – resmunga Matsson, com um sorriso de lobo.

Ele empurra o velho para o fim do banco. O ostrobotniano devolve o empurrão, mas então reconhece Matsson e baixa a cabeça, curva seus ombros estreitos como um cachorro pego no pulo por seu dono. Matsson é o tipo de pessoa cuja natureza delicada não é aparente.

– Na realidade, não tenho nada a lhe dizer – admite Teo, quase envergonhado.

Depois de deixar Cecília e Alhambra, ele ficou por um tempo na praça do mercado, Kauppatori. Um forte vento marítimo soprava. Teo observou as grandes ondas de crista espumosa baterem nos rochedos de Katajanokka. Ele tinha a impressão de que os barracos miseráveis do distrito não aguentariam a tempestade se ele não conseguisse ficar a seu lado, abrindo os braços para protegê-los e acalmando o mar impiedoso. Ele não tinha vontade de ir para casa, ao caminhar pelas salas vazias e desejando Cecília, que parecia igualmente inalcançável a cada visita.

As nuvens vagavam baixas. Elas pressionariam tudo com uma força incansável; a península em que a cidade estava parecia se render. Uma massa ruidosa de água varreria então a vila Kalliolinna e o observatório e, com um estrondo cerimonioso, afogaria a Igreja de São Nicolau com suas cúpulas e o senado. A nova catedral ortodoxa mergulharia clamorosamente dentro das ondas. O mar varreria com facilidade os bordéis de Punavuori, as tábuas frágeis das paredes se espalhariam como gravetos nas ondas. O Inferno Verde desapareceria lá, seguido por Alhambra. E Cecília.

Teo imaginou os cabelos avermelhados boiando nas profundezas como uma planta aquática que se contorce, a saia inflando como o corpo de uma água-viva, levando o corpo sem vida, mas belo, pelos navios naufragados, pela península de Hanko e as ilhas de Alanda em direção a Estocolmo.

Mas a mulher jamais chegaria à sua casa em Dalarna. Seu corpo ficaria preso na rede de um pescador próxima a uma ilhota rochosa e castigada pelo mar. O homem arrastaria Cecília para fora da água e olharia para a sereia morta com uma expressão confusa espalhada em seu rosto marcado pelo tempo.

Em Katajanokka entrou na taverna e, sentindo-se inseguro, mandou o filho da proprietária procurar por Matsson.

– O que é tudo isso, então? – reflete Matsson.

– Eu só... queria vê-lo, Matsson.

– Infelizmente não posso mais ficar aqui. E tenho alguns assuntos próprios que quero discutir com o médico também – diz Matsson, levantando-se.

A tempestade acalmou. A cidade venceu uma batalha; o pináculo da cúpula da igreja conseguiu abrir buracos no cobertor de nuvens, através dos quais a lua brilha.

– Se fosse médico, eu estaria sentado junto ao fogo bebendo licores com outros homens eruditos e não passando meu tempo em tavernas aqui em Katajanokka.

– Você disse que tinha algo para me contar?

– Sim, verdade. Tenho... uma mulher. Não uma parenta, mas tomei-a como uma espécie de favor. O médico poderia... examiná-la para se assegurar de que ela está bem? Que ela não tem nenhuma...

– Doença venérea.

– Isso.

Teo vê os lábios de Matsson formando nomes de doenças venéreas no escuro.

– Pagarei ao médico, é claro. Mas não tenho, de fato, dinheiro no momento.

– Bom, tenho certeza que pensaremos em algo.

– Embora eu já tenha pago, de uma certa maneira. Um alerta ao médico: o marinheiro polonês terá sorte se acordar na praia sem dinheiro nem roupas. – disse Matsson.

– Não acho que tenha lhe restado dinheiro. E sem roupas ele morrerá de frio. Morrerá mesmo com roupas.

– Neste caso, seria melhor se ele acordasse no mar. Ou

não acordasse. – comenta Matsson.

Um cachorro que parecia ter sido espancado salta de detrás do canto de um edifício decrépito, arrastando uma das patas traseiras. Ele se parece com seu dono e não tem outro dono além do bairro de Katajanokka, com seus barracos construídos às pressas, que pareciam tombar em diferentes direções a cada rajada de vento. O casebre de Matsson não é diferente das outras casas miseráveis do resto do bairro.

A garota sentada na cama se levanta e faz a corte. Ela mal tem vinte anos. Matsson dá uma lamparina para Teo. Apesar de ser marcado, o rosto da garota é de alguma forma atraente para Teo sob a luz fraca.

Quando Teo pede que a garota se dispa, ela levanta a barra do vestido de linho sujo até as axilas e se deita. Ela não está usando roupas de baixo. Teo separa os joelhos da garota. Matsson limpa a garganta e diz que esperará lá fora. A garota olha para as tábuas do teto enquanto Teo se senta na cama e levanta as chamas da lamparina mais para o alto, a fim de olhar entre suas pernas. O pelo é claro, de certa forma sem cor. O rosto da garota mantém o mesmo tom sério, sem expressão enquanto Teo enfia um dedo. O buraco é apertado; ela não tem muita experiência e, para Teo, parece saudável à primeira vista.

Os cachos da garota têm a mesma cor arenosa de seus pelos púbicos. Teo não resiste e afaga sua cabeça. A garota se assusta, não de forma amedrontada, mas como se ela estivesse prestes a adormecer. Teo tenta sorrir para a garota de um jeito amigável. Ele não sabe qual deles está mais embaraçado com a situação.

A garota tem uma aparência interessante; Teo pode moldá-la mentalmente em qualquer coisa que ele queira. Ela parece feia se ele quiser pensar dessa forma, bonita se a beleza for o que ele procura.

Teo move o dedo para a frente e para trás. Ele já sabe que ela não tem doenças. Sua expressão não muda, ela pensa em Teo como um médico. Ainda assim, ela está começando a ficar molhada. Teo tira o dedo e o coloca no ponto que Cecília lhe ensinou. Ele sente algo semelhante a uma pequena bola de mármore debaixo de seu dedo. Move levemente o dedo em círculo sobre o ponto, pergunta qual é a sensação, tentando soar como se estivesse examinando o joelho de uma paciente.

Teo pergunta à garota seu nome. Ela se chama Saara.

Ele tira o dedo. Saara abaixa o vestido imediatamente. Teo chama Matsson.

– E então?

– Não há nada de errado com ela.

Matsson faz um gesto com a cabeça para a garota. Ela transfere seu olhar de Matsson para Teo e tira rapidamente o vestido. Matsson afirma que Teo pode receber seu pagamento como achar justo; ele ainda está no meio de um trabalho lá fora.

Saara está sentada na beira da cama. Teo tira as roupas, dobra-as e as coloca em uma pequena mesa.

Ele passa os dedos sobre os lábios de Saara. Sua postura

é rígida, mas ela abre a boca o suficiente para Teo entender que ela entende. Ele se enfia na boca da garota. Fundo demais: ela começa a engasgar e se afasta. Nova tentativa. Dessa vez, Saara segura o membro de Teo e leva sua ponta à boca. Ela o chupa como um pedaço de carne que achou em um cozido.

Em seguida, ela se deita de costas e abre as pernas. Estica os joelhos, suas pernas formam a letra V, em frente das quais Teo se posiciona.

Ela sorri timidamente para Teo com seus dentes sujos e ele insere a língua em sua boca ao se empurrar para dentro dela. Saara morde a língua de Teo suavemente.

Teo não tem paciência para prolongar o assunto, para se segurar, e goza dentro de Saara. Quando ele sai da garota, ele vê um sorriso incerto em seu rosto.

No lado de fora, Teo se senta nos degraus ao lado de Matsson e acende o cachimbo. Matsson passa para Teo uma garrafa de destilado, ele dá um gole e faz uma careta.

– Birita ou boceta, os homens ficam com a mesma cara com ambas – diz Matsson. Ele quer ser engraçado, mas não consegue esconder a tensão na voz.

***

Teo tropeça atrás de Matsson. A figura adiante desenha uma forma negra contra as silhuetas das casas. Algumas janelas revelam luzes solitárias brilhando, mas elas cedem rapidamente ao abraço obscuro da noite.

Matsson para junto à ponte. Em Katajanokka, ele trata Teo como um pai carinhoso trataria seu filho que ainda não é um homem, mas que já precisa aprender um pouco sobre a vida. Do outro lado da ponte, entretanto, onde as casas são feitas de pedra, Teo é da elite e, ao se dirigir ao médico, Matsson sente o impulso de tirar rapidamente o chapéu.

Após atravessar a ponte, Teo se vira e olha para trás. Coitados, putas e vagabundos de Katajanokka. Tentando se prender a este mundo com aquelas suas unhas roídas.

O livro de Mataleena

Branco é a cor da morte. Em funerais, as pessoas se vestem de preto, os vivos, quero dizer. Até o morto está de preto, porque ele está vestindo as melhores roupas que tinha quando vivo, mas seu rosto é sempre branco. Quando a alma deixa um ser humano, resta apenas o branco.

A cor está sendo sugada do rosto de Juhani. A primeira a sumir foi o vermelho, a cor do sangue. O vermelho se transforma em amarelo, depois o amarelo também sumiu, deixando o cinza, que agora se transforma gradualmente em branco.

Juhani estica o braço. Um som metálico vem de sua boca entreaberta, das profundezas. Ele tenta dizer algo, mas Marja vira o rosto em direção à janela. Flores de gelo cobrem o vidro, feias, zombando-se de um campo de verão: flores da morte. O gelo se espalha como uma trepadeira através das molduras da janela, pelas juntas de madeira, pela parede. A porta é o pior: a neve atravessa as fendas e forma uma estrutura, como um cadáver curvado acomodando-se na cabana.

Marja abaixa Juho, passando-o de seus braços para o banco, e embrulha mais o cobertor em volta da criança. Em seguida, ela atravessa o pequeno quarto e se abaixa perto do rosto do marido. As maçãs do rosto de Juhani encolheram-se, cobertas de uma barba por fazer patética, que lembra brotos atacados pela geada. Seus olhos são como dois buracos no gelo que cobrem o lago sem peixes. Ele ainda está vivo, pode-se ver pelo movimento de seu peito. A respiração ofegante é silenciosa.

– Jesus, Marja... Jesus... socorro...
– Você está sempre falando de Jesus.

Marja vai para o outro lado do quarto e levanta Juho. Mataleena coloca mais lenha nas chamas frágeis.

– Coloque tudo – diz Marja com cansaço.
– Deveríamos economizar se não formos pegar mais.
– Não há por quê.

Mataleena se ajoelha junto ao pai e sente sua testa quente. Ela tenta arrumar o cobertor para que fique em uma posição melhor. Seu pai agarra o pulso da criança e consegue contorcer seu rosto em algo que lembra um sorriso.

– Filha querida, traga-me algo para beber.

Mataleena se levanta, com o objetivo de trazer água da panela sobre o fogão.

– Congelada – diz Marja.

Mataleena olha para a panela. Uma pequena quantidade de água congelou no fundo. Quando vira a panela em direção da luz e aproxima o rosto, ela vê sua própria imagem.

– Pegue um pouco de neve – diz Marja.
– Sol – Mataleena afirma à porta.

A tempestade acalmou por um instante. As nuvens abrem espaço para o sol, que tinge de prata as partículas de gelo no vidro da janela. Algo semelhante a vida aparece no quarto, a moldura da janela desenha uma forma de cruz pelo piso.

Mataleena volta, carregando neve em uma cuia feita com as próprias mãos. Ela pretende colocar a neve para derreter na panela, mas Marja a detém.

– Não vale a pena, coloque direto na boca dele.

Mataleena esfrega a neve cuidadosamente sobre os lábios rachados do pai; ela o alimenta lentamente, como se desses pedaços de pão para uma criancinha. Um som como o ronronado de um gato sai da boca de Juhani.

Marja deixa que seus olhos passeiem pela cabana. Eles têm de partir agora, antes que a tempestade volte. Um pouco mais tarde e eles não conseguirão chegar nem à próxima casa; cairão antes de chegar a Pajuoja e serão enterrados na neve. O que a assusta não é partir, mas a ideia de ter que voltar. Eles têm de se afastar o mais longe possível de Korpela, de seu terreno miserável. A única que resta aqui é a morte.

Marja tira um pedaço de palha do canto da boca de Juho. O pão de xilema[1] acabou há algum tempo. Ela não teve coragem de usar liquens depois da morte de Lauri Pajula ao comer pão feito por deles. Isso foi no fim do verão – em outro ano, as pessoas faziam a colheita nessa época. O fazendeiro de Lehto disse que Lauri morrera por envenenamento. Ele lera no jornal que é preciso tratar o líquen corretamente se este for adicionado à farinha.

– Mataleena, temos que ir.

– Papai não pode.

– Temos que deixar seu pai.

---

[1] Pão feito de uma das camadas cilíndricas das árvores, o câmbio vascular. É considerado alimento de emergência, feito apenas quando há falta de alimentos convencionais. (N.T.)

Mataleena pressiona o rosto contra o cobertor sobre a barriga de Juhani e chora. Juhani olha para Marja e tenta dizer algo. Marja se levanta e vai até ele. Ela baixa a cabeça e examina o rosto do marido.

O que ele está tentando dizer? Mais uma vez, Juhani consegue emitir apenas um som trêmulo. Ele segura o braço de Marja e ela não tenta se soltar, olhando o marido nos olhos, curiosa. Ele está pedindo ajuda ou misericórdia ou implorando que ela parta? Ele ainda entende alguma coisa? Marja não para de olhar, mas não consegue desvendar sua expressão.

Ela amarra o xale com que sempre vai à igreja sobre as orelhas de Juho e coloca um lenço por cima. Na própria cabeça, coloca o chapéu de pele de Juhani. Vira-se de um lado para outro e decide, finalmente, que ele fica melhor com a parte de trás na frente.

– Coloque qualquer coisa que puder encontrar – aconselha a Mataleena.

Marja coloca o casaco preto de lã impermeável de Juhani. Parece um traje de funeral – Juhani é um homem alto. Era. Ela pega as luvas de Juhani e dá as suas para Mataleena. Ela coloca as luvas de Mataleena em Juho, em cima das do menino.

– Temos que pegar lenha para o papai – diz Mataleena.

Marja olha para Juhani e sai. A luz penetra através de suas narinas e de seus olhos, entra forçosamente debaixo de suas roupas e em todas as cavidades de seu corpo, preenchendo por um momento o vazio que a fome cavou.

A mulher está com as pernas afastadas e deixa que o sol esfregue o ar frio sobre seu corpo. Então, ela anda pesadamente pelo caminho coberto de neve para o estábulo, pensando que talvez encontre lá algo para queimar. Marja não tem energia para entrar enquanto segura a tábua gasta da porta. Ela a puxa com toda a força de seu corpo raquítico. Um prego enferrujado range ao se soltar e Marja cai sentada. A neve garante uma aterrissagem macia.

Dentro da cabana, ela apoia a tábua contra o banco e a quebra em duas com um chute. Mataleena acaricia a mão de Juhani com sua luva. Juho descansa a cabeça sobre a testa do pai. O menino parece engraçado e fofo nessa pose e Marja enche-se de pesar. Ela sente o queixo tremer, mas tosse e cospe suas lágrimas no fogão.

Mataleena leva o irmão até a porta. Marja coloca o último pão de cereais na mão de Juhani. Ela enche a panela com neve e a carrega para o lado da cama, ao alcance do marido.

– Isso é tudo que posso fazer – sussurra.

Juhani agarra os ombros de Marja e tenta se levantar sem sucesso. Ele consegue balbuciar algo incompreensível até cair de costas. Marja tira a mão de Juhani de seu ombro e a coloca sobre o peito do marido. Ela coloca os lábios sobre a testa de Juhani e, em seguida, inesperadamente, sobre seus lábios, deixa que aí fiquem, respirando com o marido em um só ritmo pela última vez.

Lá fora, Marja pergunta-se por que elas não queimaram

os esquis, dada a falta de lenha, mas ela está feliz por não tê-lo feito. Um vento leve levanta e varre a neve contra as toras que formam as paredes da casa. A neve desliza lentamente através da entrada da casa, como se procurasse por algo para comer lá dentro. Nuvens passam pelo sol, mas não param para ocultá-lo.

Juho segura-se nas costas da mãe. Mataleena sobe nas pontas dos esquis. Os bastões são um pouco mais altos do que Marja. A porta está totalmente aberta, abrindo como a boca de Juhani. Marja proíbe Mataleena de voltar e fechá-la.

– É mais misericordioso assim.

Um vento forte varre Pajuoja.

Camadas de neve amenizaram as margens íngremes do riacho. Os salgueiros estão quase enterrados debaixo da neve; apenas alguns ramos escuros emergem do cobertor branco sufocante. Marja esquia com cuidado pelas margens.

Chegando ao fundo, Mataleena tropeça e cai de cara na neve. Ela tem dificuldade de se levantar, tombando de costas. Marja não tem coragem de se curvar para levantar a menina, porque teme que Juho caia. O menino está pendurado frouxamente nas costas da mãe, com os braços em volta de seu pescoço. Marja dá um bastão de esqui para Mataleena a fim de que a menina o use para se apoiar.

A criança está em frangalhos. Se fosse qualquer outra pessoa – Juhani, por exemplo – seria melhor acertá-la com o bastão na testa como um ato de piedade, Marja pensa. Mataleena se levanta e vem cambaleando para as pontas dos esquis.

– O outro foi deixado para morrer de forma lenta e dolorosa. – As palavras escapam da boca de Marja.

Mataleena aperta-se contra as costas da mãe e, por um momento, os três ficam na nevasca, sobre a vala congelada, incapazes de se moverem. Marja tem vontade de desistir e despencar na neve. Mas ela junta suas forças e se obriga a continuar.

Ela pensa com raiva em Juhani se recusando a comer e dando tudo o que podia pôr as mãos para ela e as crianças. Foi uma idiotice. O homem deveria ter se cuidado para que assumisse a responsabilidade por sua família. Ela e as crianças teriam sobrevivido com menos, mas agora, sem Juhani, eles não sobreviveriam ao inverno em Korpela.

Não foi generosidade o motivo da decisão de Juhani, mas covardia.

Logo após deixarem o riacho, eles viram o monte Lehtovaara e, atrás dele, a casa dos Lehto. Do topo, eles veem, no horizonte, uma torre de igreja emergindo da paisagem branca como um galho de salgueiro solitário à margem da vala.

Um barril grande fica no meio da sala principal da cabana dos Lehto. O fazendeiro está sentado à mesa, com as mãos unidas, e olha para os que chegam com suspeita.

– Então vocês tiveram que deixar Korpela para mendigar?

– Se pudermos só passar a noite, continuaremos pela manhã.

– Como está Juhani?

– Não está.

Lehto baixa o olhar para as mãos. Seus olhos se enchem de lágrimas, ele olha para a janela e em seguida para o fogo que arde na lareira. Sua esposa sai do quarto e vem correndo abraçar Marja. As crianças se arrastam timidamente em direção ao barril.

– Ele contém piche, para que doenças não venham para a casa. Piche mantém enfermidades longe – diz Lehto.

Sua esposa começa a tirar os casacos das crianças. Ao ver o rosto de Mataleena, ela solta um grito.

– Deus do céu! Farei já um mingau.

O fazendeiro alerta contra comer em excesso; um estômago faminto não consegue aguentar. Marja olha à sua volta na sala principal dos Lehto. Tudo parece limpo e arrumado comparado com Korpela. O fogo irradia uma luz quente, aconchegante.

– Então o espírito deixou Juhani?

– Ele perdeu o espírito há muito tempo. Ficou para trás, morrendo.

– Você o deixou para trás?

– Ele não podia partir nem viver. Eu devia ter acabado com ele?

– Dizem que, em alguns lugares, cadáveres foram devorados. – A esposa do fazendeiro se junta à conversa.

Lehto lhe dá um olhar de reprovação:
– Conversa fiada.
– Papai não será comido, será? – sussurra Juho.
– É claro que não. Seu pai irá para o céu.
– E se alguém entrar e comê-lo?
– A velha só está contando histórias assustadoras. – Lehto acalma Juho.

Logo depois de comerem o mingau, Juho e Mataleena adormecem no banco. Lehto está sentado na cadeira de balanço, olhando para as chamas. Marja olha fixamente para a janela, para a escuridão. Do outro lado da mesa, a esposa do fazendeiro olha para Marja.
– Estes são tempos difíceis, mal se consegue diferençar uma batata de um mirtilo – diz Lehto.
– Você tem algum lugar para ir? Parentes em algum lugar? – A esposa pergunta.
– Só espero ir a algum lugar onde haja pelo menos pão.
– Logo você terá que ir até São Petersburgo para isso. E também não sei se há pão lá – suspirou o fazendeiro.
– Você podia deixar-nos ficar com uma das crianças para criar. Não que tenhamos muito pão, mas podíamos adicionar mais um à família. A menina já consegue fazer muita coisa – sugere a esposa.
– Não darei Mataleena – dispara Marja, começando a chorar silenciosamente. – Não... não sei o que eu... faria sem Mataleena. Sozinha com Juho – Ela consegue dizer entre soluços.

– Deixe o menino – sugere o fazendeiro.
– Juho?
– Vamos considerar Korpela como um lugar que Juho pode ter mais tarde. Ou, é claro, você poderia voltar. Não é certeza que você não...
– Não acho que um dia voltaremos a Korpela – afirma Marja.
– Durma primeiro e pense nisso. Cuidaríamos bem do menino – diz Lehto.

A esposa do fazendeiro diz que tem certeza que Marja e as crianças passarão o próximo Natal juntos em Korpela. Marja sente pelo seu entusiasmo exagerado que os Lehto não acreditam que eles sobreviverão à sua jornada de esmolas. Ela dá boa-noite para o casal, caminha até o banco ao lado da porta e se deita de lado. Lá fora, a ventania uiva como uma alcateia faminta. Marja olha para o barril de piche no meio da sala; o sono surge de lá e a engolfa.

É primavera. Juhani queimou o piche dos esquis, que ele carrega para dentro da cabana em um barril. Ele está dormindo no banco. Marja está à porta, observando as crianças pegando flores. Mataleena está com o vestido preto de funeral da esposa de Lehto. Juho veste as mesmas botas e o mesmo boné que o fazendeiro. Subitamente, Juho aponta para alguns cisnes, voando no céu.
– Olhem, é o pai.

Não pode ser. Marja olha para cima e nota que o primeiro cisne é, de fato, Juhani. Ela se vira para olhar na cabana. É Juho deitado no banco, esticando o braço na direção de sua mãe. Ambos os olhos de Juho estão cobertos de cataratas. Seu rosto está pálido. A neve sobe rodopiando do barril.

Marja se vira para olhar lá fora. As folhas desapareceram das árvores, a grama está secando. Mataleena está de pé sozinha no meio do pátio, falando com a voz de Juho. Marja tenta correr para dentro da cabana para resgatar Juho, mas a distância até a porta não para de crescer. Marja sente o inverno ressoando aos socos da floresta escura até a cabana. Ele não mais está longe.

Marja tenta gritar, mas não emite nenhum som. Uma ventania explode de sua boca, cobrindo as janelas com gelo. De repente, a porta começa a gritar. Primeiro há um guincho, terror animal, depois gritos na boca de Mataleena:

– Mãeeee, mãeeeee...!

– Mãe, mãe!

Mataleena chacoalha a mãe para acordá-la. Marja percebe que está na casa dos Lehto e olha onde Juho está. Ele está sentado à mesa comendo colheradas cheias de um mingau ralo. Marja engasga e a esposa do fazendeiro corre para lhe dar um copo de água.

– Não deixarei meus filhos – diz Marja, ofegante, após ter bebido a água vorazmente.

– O fazendeiro está colocando as rédeas no cavalo. Ele levará vocês até a igreja – diz sua anfitriã.

Ela se senta ao lado de Marja e afaga timidamente os cabelos de sua visitante.

– Não posso – sussurra Marja.

A mulher do fazendeiro faz um gesto de assentimento com a cabeça.

As costelas do cavalo lembram dedos entrelaçados em prece. Seus relinchos são como os soluços do pranto de uma velha. Ele é enrugado, exatamente como o pai, Mataleena pensa, mas depois balança a cabeça. Não, meu pai é forte, ele pega árvores grandes da floresta com o cavalo dos Lehto, embora haja tanta neve que Mataleena afundaria até o pescoço. Mas ela não afunda; o pai a levanta do trenó e a carrega nos braços para a cabana. O inverno não entrará aqui. Há um bebê dormindo em um cesto pendurado no teto e Mataleena embala o bebê e canta *ta-ta-tabacco-Ulla*. A cantiga de ninar faz com que se lembre de Ulla, a antiga dona da casa dos Lehto, que costumava se sentar nos degraus no verão, fumando cachimbo como um velho. Quando Mataleena chegava na casa dos Lehto com o pai, a velha sempre demonstrava surpresa por ser o dia de *taksvärkki*[2] de novo. Seu pai se sentava a seu lado e, juntos, eles olhavam para as nuvens que vagavam no céu. Elas são ovelhas celestiais, ela dizia, e dava permissão a Mataleena para pegar açúcar

---

[2] Na Finlândia, na época, trabalhadores pobres sem terra própria pagavam "aluguel" dessa forma para os fazendeiros em cujas terras eles moravam; trabalhavam um ou mais dias sem receber salário por isso – esses dias eram chamados dias de *taksvärkki*, em finlandês, ou *dagsverke*, em sueco. (N.T.)

na cozinha.

Mas a mãe diz que a palavra na cantiga é *rulla* e não *Ulla*.

O cavalo chama-se Voima. Quando o caixão da velha foi levado à igreja, ele puxou a carroça. Mataleena e a mãe observavam enquanto eles deixavam a casa. Juho estava nos braços da mãe. O pai dirigia a carroça. Lehto estava sentado a seu lado, chorando. Mas Mataleena pensava nas ovelhas celestiais e como a velha dona da casa dos Lehto, sentada em uma pedra do tamanho de uma montanha, pastoreando e fumando seu cachimbo.

Mataleena está agora olhando para o céu cinza pálido, não há sinal das ovelhas. Voima para em uma encruzilhada. A estrada forma uma reentrância na vastidão da neve. As pontas da cerca saltaram como pequenos dentes afiados.

Lehto vira para trás e olha para Marja.

Ela balança a cabeça.

– Não para a igreja.

Lehto puxa as rédeas e Voima começa a puxar o trenó em direção da vila vizinha. Mataleena percebe que não voltarão para casa. Lágrimas deixam caminhos tépidos em suas bochechas, mas se congelam antes de chegarem aos cantos da boca.

O pai se foi.

Voima funga, com um balanço do focinho. A cabeça do cavalo parece maior do que antes; o resto do corpo encolheu. Então eles ouvem apenas o som sombrio de esmagamento da neve sob as tiras de metal do trenó.

A paróquia vizinha é maior do que a nossa, a igreja, mais alta. A estrada desce suavemente para as margens do rio, depois atravessa para o outro lado por uma ponte de madeira. Há muitas pessoas perto da igreja: mendigos, certamente. Mataleena vê muitas crianças de sua idade. Vistas da ponte, elas se misturam aos túmulos; de mais perto, surgem chapéus e cachecóis escondendo rostos brancos. Lehto vira o trenó para a estrada distante da igreja, que corre ao lado das margens do rio.

– Levarei vocês para a reitoria. Eles saberão o que fazer. Eu não sei.

– Vamos para São Petersburgo – sussurra Marja, mais para si mesma do que para Lehto.

– Melhor esquecer tudo isso. Vai saber se é possível sair daqui, afinal...

Às margens do rio há uma grande casa branca. Mataleena imagina que seja a reitoria, apesar de nunca ter estado lá antes. Lehto acena para um homem com um cavanhaque. O homem tem sobrancelhas como as de uma coruja, cobertas de gelo. Mataleena tem vontade de rir e piar como uma coruja para o velho, que acena de volta para Lehto. Subitamente, o homem segura as rédeas e faz o cavalo parar.

– Você não está carregando seus mendigos para cá, está? Ah, não, não, não.

O velho olha atentamente com seus olhos de coruja, o riso de Mataleena congela-se.

– Cuide dos seus. Já temos o suficiente aqui, não precisa trazer mais de paróquias vizinhas. E há sempre mais vindo, do norte, do leste e do oeste. Nós os despacharemos se não soubermos para onde mandá-los de volta – muitos deles vêm de muito longe. Uma mulher com uma criança pequena congelaram até a morte ontem, junto à estrada para a reitoria. Não, não, não os traga para cá.

– Estou aqui cuidando de minhas próprias coisas, não estou despejando ninguém em você, puta que o pariu – exorta Lehto com raiva.

Voima vai para a frente e a coruja solta as rédeas. O cavalo não vira na estrada para a reitoria, seguindo, ao contrário, pelo rio. Lehto continua quieto, só rosnando de vez em quando e, às vezes, açoitando Voima. O trote do cavalo fica mais pesado, mas não toma velocidade. Depois, o rio se alarga formando um lago; uma península corta-o. No meio da península há um casarão, ainda maior do que a reitoria; a estrada termina no jardim frontal. É o casarão de Viklund.

Um homem está de pé do lado de fora, um empregado. Lehto o cumprimenta; ele responde vagamente, depois dispara que mendigos não serão aceitos. Lehto passa por ele com passos largos, subindo os degraus. Mataleena o segue, mas se vira quando percebe que a mãe e Juho ainda estão de pé junto ao trenó. O empregado também desaparece pela porta.

Depois de um tempo, uma jovem abre a porta e faz sinal para que Marja e as crianças entrem.

A grande sala é clara. Um pano branco cobre a mesa. O velho sr. Viklund está sentado em uma cadeira de balanço, fumando um cachimbo de porcelana. Mataleena olha para as costeletas cheias do homem. Um de seus olhos está coberto por catarata e isso a assusta. É como se houvesse gelo permanentemente no olho do velho fazendeiro. Ela tem que tomar cuidado para não olhar para aquele olho de gelo: o frio pode explodir e envolver uma criança curiosa demais em seu xale, mantendo-a aprisionada para sempre.

Mas o sorriso do fazendeiro é gentil, assim como seu olho bom, com o qual ele olha para Mataleena. O olho de gelo mira além dela, em algum lugar a distância.

– Tirem seus casacos. Ella os colocará na mesa.

Ella, que deixou que Marja e as crianças entrassem, faz reverência, olha para Mataleena com um sorriso amigável e atravessa a grande sala.

Mataleena vai na ponta dos pés até um espelho de moldura dourada.

No vidro há uma sala idêntica, onde Mataleena olha para si própria. Há círculos escuros em volta dos olhos, linhas profundas nos cantos da boca. A Mataleena no espelho é como uma pequena senhora velha e isso a diverte.

– Eu sou uma criança, você é uma velha – Mataleena sussurra para seu reflexo.

Então ela vê Ella no espelho, a criada está carregando uma grande terrina branca.

– Estamos com falta de comida também, apesar de sermos uma das casas mais ricas da paróquia. Tivemos que mandar embora alguns dos serviçais, porque não temos como manter bocas a mais para alimentar – diz o velho sr. Viklund para Lehto.

Mataleena passa a ponta do dedo na terrina de sopa de porcelana. Ela é branca como a neve, mas quente. A coisa mais linda é a flor cor-de-rosa com pétalas de bordas douradas. Ela passa o dedo sobre a rosa em relevo, um coração vivo, pulsante, em meio à neve, intocado até pelo inverno.

Ella levanta a tampa da terrina e uma nuvem de vapor sobe. Uma tigela com uma rosa idêntica àquela da terrina é colocada diante de Mataleena. Ella coloca sopa na tigela com uma concha. Mataleena ainda consegue ver a rosa.

Pela manhã, Lehto dá dinheiro a Viklund. Dá adeus rapidamente a Marja, dá um tapinha nas cabeças de Juho e Mataleena e sai. Pela janela, Mataleena vê o trenó de Lehto deixando o pátio e depois se virando para as margens do rio e pairando por bastante tempo na paisagem, encolhendo enquanto Voima segue como se fugisse deles. Ella toma Mataleena nos braços, a garota deseja que eles fiquem na mansão.

Ela jamais se cansaria de admirar a flor cor-de-rosa na hora das refeições. Ao olhar a rosa, ela se lembraria do pai. O pai está feliz por eles, mas o pai não virá à casa de Viklund; ele está sentado na beira de uma nuvem e toda vez que chover no verão e ela olhar para a janela e ver a água escorrendo no vidro, saberá que as lágrimas de alegria do pai estão caindo na terra.

Mas Ella abaixa Mataleena junto à porta ao lado de Juho e envolve bem a cabeça da garota. Mataleena compreende que eles têm que partir agora.

O empregado que relutou em deixá-los ficar ontem entra pela porta. Ele bate as luvas com raiva, embora não haja mais nenhuma neve nelas. Ele olha longamente para Marja, Mataleena e Juho, um de cada vez. Seus olhos emanam um desprezo frio. Mataleena não tem coragem de olhar para ele e Marja também olha apenas para o chão. Apenas Juho retribui o olhar do homem. O olhar do menino é vazio, a tempestade de raiva ricocheteia, impotente. O homem é forçado a se render e seus olhos percorrem o comprimento das aparentemente infinitas tábuas no teto do salão. Ella volta da cozinha e dá a Marja dois pães. Pode-se ver imediatamente que eles não têm xilema adicionado.

A estrada foi bloqueada pela neve, na qual as patas do cavalo afundam. Mataleena estica a mão pela lateral do trenó e recolhe um pouco. A neve derrete em sua boca, como se fosse primavera em sua língua, um campo áspero, ainda congelado, surgindo de debaixo da neve. Mataleena passa um pouco de neve para Juho. Marja também pega um bocado.

– Se caírem, não vou parar por causa de vocês – diz o empregado olhando para trás.

Marja para de comer neve, mas Mataleena logo se estica rebeldemente para a lateral de novo – para mais longe do que precisa. Marja agarra a barra do casaco da menina.

A viagem é tão longa quanto o olhar do empregado

sobre a nevasca que se abre diante deles. Finalmente, eles chegam a uma estalagem. Nenhuma outra casa à vista. O empregado vira-se em seu assento, abre violentamente o casaco de Marja e rouba de seu peito os pães que Viklund lhe deu.

– Há outras pessoas passando fome também para quem nenhum senhor compra pão. Elas têm mais direito a isso do que vocês.

Ele quebra um dos pães em dois, joga uma metade no colo de Marja, pula de seu assento e entra na estalagem.

Quando Marja e as crianças entram, o empregado está batendo papo com o dono da casa sobre um carregamento de grãos. Ele olha por cima do ombro para eles como se jamais os houvesse visto antes.

– Vagabundos, não são desta área.

– Deixe-os ir à sala de espera – diz o dono da casa ao empregado.

***

Quando Marja e Mataleena acordam, o empregado de Viklund desaparecera. Marja carrega Juho adormecido para fora.

– Se ao menos tivéssemos trazido os esquis conosco – lamenta Marja.

Há outros dois trenós no pátio. Na noite anterior, um

menino trouxe um vigário à estalagem em um deles. O menino ainda dorme na sala de espera. O cocheiro da estalagem está prendendo um cavalo ao outro trenó.

– Aonde você está indo? – pergunta Marja.

O cocheiro não responde, não ouve; ele simplesmente olha por detrás da cabeça do cavalo para o arvoredo do outro lado. Marja olha para as costas do homem por muito tempo. Quando ela finalmente desiste de olhar, o homem se vira.

– Norte. Não posso dar carona para mendigos por causa do vigário. E o dono da casa não aprovaria.

Dó e culpa passam pelo rosto do cocheiro.

– Não vamos para o norte, é de lá que viemos – responde Marja.

– Vocês deveriam seguir na outra direção. Irei dar um chute naquele menino, acordá-lo. Ele pode pegá-los mais além na estrada. Desta forma, o dono da casa não verá. Você não deve ser de vista até o menino partir.

Naquele momento, a porta é aberta e o vigário sai para o pátio, vestindo um casaco de pele grosso e acompanhado pelo dono da casa. Mataleena tem vontade de rir. O chapéu de pele do vigário parece um relógio peludo de dentes-de-leão, mas marrom em vez de branco. Se você o soprasse, o pelo voaria e flutuaria sobre as rajadas de neve e apenas um toco ficaria na cabeça do vigário. O pelo cairia do lado de fora da estalagem e, no verão, vigários amarelos de cabeça de flor cresceriam por todo o pátio e se agitariam na brisa.

Mas Mataleena não ousa soprá-lo e o vento que assobia

pelos cantos também fracassa em apanhar a penugem do chapéu do vigário.

— Então — exorta o proprietário para Marja.

É uma ordem para partir. Marja coloca Juho no chão, segura a mão dos filhos e começa a andar pelo caminho cheio de neve.

— Oh, que época, que povo. O Senhor está colocando nossa fé à prova agora — lamenta o vigário.

Eles andam por bastante tempo. O curto período de luz diurna está chegando ao fim. Nem sinal do garoto ou do trenó. Mataleena anda atrás da mãe, seguindo suas pegadas, fechando mais o casaco para se proteger da nevasca. Ela não ouve seu estômago roncar, mas o sente.

A fome é o gatinho que Paju-Lauri colocou em um saco, o gatinho que arranha com suas garras pequenas, provocando uma dor terrível, e depois mais, até ficar exausto e cair no fundo do saco, tornando-se um peso, até retomar suas forças e começar uma nova luta. Você quer tirar o animal, mas ele arranha com tanta força que você não ousa colocar a mão dentro. Sua única opção é carregar o saco até o lago e jogá-lo no buraco no gelo.

Mataleena vai de encontro às costas de Marja; a mãe para. Por todos os lados, a neve pesada deixa os ombros dos abetos curvados.

— Este é o fim — diz Marja vagamente, mas Mataleena ouve o relinchar de um cavalo na estrada e puxa a manga da mãe. Marja abaixa Juho e acena, mas o menino conduzindo o trenó olha para a frente e não para. Marja afunda os joelhos e cai sobre o monte de neve. Seu corpo treme lentamente, suas lágrimas saem de forma sincopada, acompanhando sua respiração.

Mataleena tenta puxar a mãe.

– Ele parou naquela virada – diz Mataleena.

Marja se levanta e vê o trenó. O menino continua olhando para a frente, na direção de seu percurso. Marja levanta Juho e, juntando todas suas forças, começa a correr em direção ao trenó.

Depois de terem subido, o menino olha para trás uma única vez. Um de seus olhos é idêntico ao do velho fazendeiro Viklund. Ele não diz nada, apenas faz um som para que o cavalo se mova.

O movimento faz com que Juho adormeça. A nevasca parou. É como se, de início, a rajada tivesse levantado a neve do campo, arrastando-a agora de volta ao chão para usá-la como um cobertor. As primeiras estrelas acendem-se e um xale cinza cobre o fragmento da lua.

Eles acordam em uma cabana abandonada onde o garoto da estalagem os deixou na noite anterior. Há um lago a meia hora a pé dali, ele lhes disse, e, depois dele, uma casa.

Uma estrada de gelo atravessa o lago, mas a neve caíra lá também. A cada passo, Mataleena afunda na neve, que quase chega à sua cintura, embora ela tente seguir as pegadas da mãe. Caminhar entre os montes de neve é difícil. Mataleena fecha os olhos e pensa no pai, sua última viagem juntos em um lago da região.

O pai estava calmo. Ele parecia tão piedoso, igual a quando ele levou o caixão de Paju-Lauri para a igreja remando. Mataleena achou o pai bonito, levando o barco pesado pelo lago com movimentos longos e homogêneos, mas, então, um vento forte bateu, quase tirando seu chapéu e ele o puxou tanto que suas orelhas dobraram-se debaixo da costura. O vento tentou virar o barco e o pai teve que lutar para mantê-lo no curso e conservar sua expressão dignificada.

O caixão de Lauri era pequeno. Como era possível enfiar um homem grande lá dentro? Estaria ele deitado encurvado, do jeito que a própria Mataleena dorme em dias frios? Sua mãe explicou que as pessoas encolhem com a morte. Algo as deixa, mas nem a mãe sabia se era a alma ou se, caso fosse, a alma sairia flutuando como vapor de água fervente em uma panela ou se escorreria para baixo, um líquido negro e grudento.

Talvez pessoas diferentes tenham almas diferentes.

Mataleena pensa em Sysi-Kalle, que foi encontrado morto em sua cabana. Ninguém foi lá com exceção de sua mãe, que era parente de Kalle, e Roope, o sapateiro. Foi ele que encontrou o corpo e foi buscar a mãe. Ela levou Mataleena consigo e Mataleena ainda estremece quando se lembra do cheiro da morte. Havia uma poça preta debaixo de Kalle. Não era sangue, mas água que escorria do corpo, disse Roope.

Lauri não deixou uma poça, embora tenham dito que sua boca estava preta. Por causa do veneno, segundo o pai, mas Mataleena se perguntou se a alma podia escapar pela boca e deixar a cor para trás.

Roope disse que não há alma dentro de um ser humano, apenas sangue e água preta, escorrendo antes de eles acabarem; então ele murcha. E o fato que dois tipos de líquido são envolvidos na feitura de um ser humano: água do homem e água da mulher. Mataleena perguntou como isso acontecia e Roope explicou que um homem ejeta seu próprio líquido nos líquidos de uma mulher, e é assim que uma nova pessoa é criada. Mas a mãe proibiu Roope de falar dessas coisas na presença de uma criança. Porém, ela mesma fez uma pergunta: quem dá o sangue e quem dá o líquido preto.

Então, Mataleena está mais uma vez sentada com o pai no barco e, quando finalmente acorda, ela já atravessou o lago.

– A casa tem que estar depois daquele monte – a mãe gagueja à sua frente.

Mataleena olha para trás. Nenhum sinal do pai, apenas o lago aberto, coberto de neve; o pai foi remando até perder-se de vista, para a brancura.

Subitamente, o sol cai no horizonte por detrás da cortina de nuvens. Somente agora Mataleena avista a casa e o anexo, que está encandecido pela luz que varre a nevasca. Juho cai dos braços de Marja e fica sentado no monte de neve. Mataleena tenta puxá-lo. O menino fica de pé, mas, ao mesmo tempo, Mataleena cai.

Marja olha fixamente para as mandíbulas abertas e famintas na parede do celeiro.

– Cabeças de lúcio. – Ela finalmente percebe.

A neve presa nas cabeças esculpiu expressões estranhas e os raios avermelhados do sol poente faziam com que as cavidades oculares brilhassem de um jeito sinistro. Mataleena vê uma figura escura se aproximando; ao mesmo tempo, o mundo fica vermelho.

Pequenos filetes de água escorrem pelos cantos de sua boca. Mataleena volta à consciência. Ela sente o calor de uma mão segurando sua nuca. As tábuas cinza do teto se ondulam por um instante, depois param. O rosto magro de uma mulher surge. Mataleena vira a cabeça e vê a mãe e Juho sentados em um banco junto à porta.

– Faça mingau, mingau ralo para os mendigos – diz uma voz masculina.

– Com certeza podemos arranjar um pouco de comida de verdade, pelo menos para as crianças. Elas parecem tão famintas – diz a mulher.

– Mingau está bom, até mesmo mingau ralo – sussurra Marja.

– Todo mundo parece estar faminto hoje em dia. Quando foi a última vez que você viu alguém com um pouco de carne nos ossos, além de um padre?

– Que vergonha, tal falatório de um indecente, ainda mais em uma época como esta. Quando foi a última vez que você foi à igreja? – replica a mulher.

Ela pega o mingau de uma panela com uma concha e o coloca em uma tigela de madeira. Juho já está sentado à mesa e começa a devorar o mingau cinza. Mataleena espera sua vez. Ela recebe sua parte depois de Juho, na mesma tigela. A menina ainda está comendo quando Juho adormece no banco junto à parede.

– Os mendigos podem ficar por uma noite. Nós, os Vääräjärvis, não recusamos abrigo à noite, especialmente para mulheres e crianças. Mas você tem que ir embora pela manhã. Darei uma carona para vocês no trenó até a igreja; vou ver se resta farinha no silo comunitário para o estoque de emergência – diz o homem.

Marja responde balançando a cabeça. A mulher lhe traz a tigela. Marja engole o conteúdo antes que a mulher tenha tempo de trazer uma colher. Em seguida, ela adormece. Juhani está chamando-a.

Juhani é um pássaro, uma mobelha. É verão, outono e primavera, todas as estações sem neve. Marja caminha por uma floresta de pinheiros. Ela vê um lago cintilando entre as árvores; a água é preta, mas brilhante. Mesmo assim, Marja não consegue encontrar o caminho até a beira. Novas árvores não param de aparecer diante dela e ela tem que se desviar. No fim, percebe que foi na direção errada.

Ela não reconhece a floresta, mas conhece o lago. Juhani a levou para lá há anos. Ela ouve Juhani chamar: u-uui, u-uui, u-uui.

Marja tenta ir em direção ao som, mas o eco passeia pela mata, tornando a direção confusa. Logo, Juhani decola, deixando-a sozinha, o lago abandonado. Se Juhani fugir, as crianças não nascerão.

De repente, o lago negro brilha a distância. Longe demais. Marja começa a correr em sua direção, mantendo-o à vista. Mas o sol que se põe cega-a momentaneamente e logo ela não pode mais ver a água. O chamado de Juhani vem de longe, de outra direção. U-uui, u-uui.

Marja ficou paralisada. Ela ouve o choro e os gemidos dos fantasmas de crianças mortas à frente. O inverno está próximo. Ele está se aproximando, já se contorcendo, incansável e furioso, dentro do crânio de um lúcio. Logo, o lúcio abrirá suas mandíbulas. O grito "u-uui" já está muito, muito distante.

Mataleena acorda antes dos outros, mas fica deitada no banco, olhando para a sala, que ficou invertida: a parede com a porta é agora o chão, o chão e o teto se tornaram paredes e o fogão está no teto.

– Não se esqueça: dê apenas mingau aos mendigos. Mingau ralo – diz o homem.

Mataleena ri suavemente; o homem e a mulher são moscas sentadas na parede no verão. Então ela se senta e a sala assume sua posição usual. O homem e a mulher viram-se a fim de olhar para ela.

– Pobre criança – diz a mulher, suspirando.

O homem vem se sentar ao lado de Mataleena.

– Meu nome é Retrikki e minha esposa se chama Hilta. Não temos filhos, eles morreram anos atrás, antes destes anos magros. Mas não podemos alimentá-los aqui. E, logo, outros mendigos virão. Pessoas sem pão, elas estão todas mudando-se. Apesar de não haver nada a ser encontrado em outros lugares, não importa aonde você esteja pensando em ir. Vocês estão perseguindo um fogo-fátuo; porém, de fato, não há outra coisa que possam fazer – disse o homem.

Mataleena concorda com a cabeça. Retrikki acaricia seu cabelo; tufos dele saem e se grudam às luvas do homem.

Retrikki levanta-se e diz que vai colocar os arreios no trenó.

– Não se preocupe com aquele ogro velho, criança, encontraremos algo para você – diz Hilta.

– Meu nome é Mataleena.

– É um nome bonito. Cristão. Isso é bom.

Hilta enche a tigela de madeira do dia anterior. O mingau é mais grosso dessa vez. Hilta traz também metade de um pão com xilema para a mesa e um pouco de lúcio desidratado, que ela mistura ao mingau.

– Coma, criança.

E Mataleena come. Ela engole o mingau antes que Retrikki entre e tire a tigela. A mulher lhe dá leite aguado, que ajuda a engolir o pão quase sem mastigar. Hilta enche novamente a tigela. Quando Retrikki volta para dentro, Hilta arranca a tigela vazia de Mataleena. A menina sorri para Hilta, cujos olhos se enchem de lágrimas.

A batida da porta acorda Juho e Marja. Hilta faz para eles um pouco de mingau ralo. Ela quebra pedaços pequenos de pão com xilema e os dá às três visitas. Depois, olha para Retrikki e passa pequenos pedaços de lúcio desidratado também. Retrikki não diz nada.

Juho coloca um pedaço de lúcio na boca, tira-o com os dedos, olha para ele brevemente. Coloca o pedaço na língua por um instante, depois tira-o novamente para espremê-lo com força na mão. Retrikki observa a palhaçada do menino e ri.

– Vocês partirão logo em viagem. Para vocês estão indo?
– São Petersburgo.

São Petersburgo. Não passa pela cabeça de Marja que alguém possa ser deixado para morrer de fome na cidade do czar. Há pão o suficiente para todos em São Petersburgo. E ele não contém xilema ou líquen, muito menos palha. Mas São Petersburgo é muito longe. Não é atrás do próximo monte, nem mesmo depois do próximo vilarejo, mas distante, na Rússia.

– Como vocês vão conseguir chegar a São Petersburgo? – diz Retrikki, suspirando.

Marja olha para a janela, através das flores de gelo. O sol brilha entre nuvens de neve. O mesmo sol que doura o palácio do czar em São Petersburgo.

– Primeiro temos que chegar a Helsinque. São Petersburgo é depois de Helsinque – afirma Marja.

Mataleena olha para a frente sem dizer nada. Seu estômago dói. De início, a dor alfineta, mas logo há um gato bravo arranhando, raspando, enfiando os dentes assustadoramente em seu estômago. Garras atravessam de dentro até suas costelas e o animal a flagela tão brutalmente que ela começa a se contorcer. O gato levanta seu rabo doente e sai de sua boca como mingau ensanguentado. Um furacão furioso sopra em sua cabeça e acerta seus olhos, fazendo-os girar.

Mataleena despenca no chão.

Da boca de Marja sai um grito animalesco, controlado no início, mas ganhando força lentamente. Retrikki é o primeiro a acudir. Ele levanta Mataleena do chão e a carrega para o quarto, onde a deita.

Marja aperta Juho contra seu corpo com tanta força que o menino mal pode respirar. Retrikki levanta as pálpebras de Mataleena, depois coloca o ouvido perto da boca da garota.

– Ela está viva, está viva, mas eu diria não por muito tempo, não posso dizer. Traga-me água já, pelo amor de Deus.

Hilta enche um copo de água e caminha suavemente nas pontas dos pés para o quarto. Marja está sentada tremendo no banco junto à porta de entrada, com Juho em seu colo. Ela olha fixamente para o outro cômodo com olhos vazios, vendo o rosto pálido de Mataleena. Juho olha para sua irmã com uma curiosidade assustada. Marja ouve as vozes baixas do fazendeiro e de sua esposa.

– É alguma doença?

– Provavelmente não. Ela não come há tanto tempo que

suas entranhas não aguentaram nem mesmo mingau.

– Devo levá-la ao médico? Será que ele poderia salvar esta criança?

Retrikki sai do quarto e fica em frente de Marja por um momento, absorto em seus pensamentos. Marja olha para o homem à sua frente como se ela fosse uma pecadora e ele, são Pedro diante dos portões do céu.

– Vocês não podem sair agora. Não ouso colocar a menina no trenó, ela não resistiria... Tentarei fazer o médico vir do vilarejo. Embora ele possa estar ocupado demais para sair por causa de alguma mendiga. E levará tempo; ela talvez não sobreviva tanto tempo.

– Não a enterre antes de estar morta. Vá – disparou Hilta.

– Não adianta tapar o sol com a peneira. Está claro o que vai acontecer.

Retrikki bate a porta ao sair. Marja olha para Hilta, implorando por algo, até mesmo apenas um fio de esperança. Hilta olha fixamente para a lâmina da foice pendurada sobre a porta até ouvir o trenó partindo lá fora.

– Ela ficará bem. São apenas dores de estômago... Ela está magra, mas é uma menina forte – diz Hilta.

Sua voz, porém, treme e os últimos fios de esperança abandonam Marja. Ela tira Juho do colo e vai até a cama onde Mataleena está deitada. Hilta segue Marja e então pega o copo de água do criado-mudo, levanta a cabeça da menina e despeja-lhe um pouco de líquido cuidadosamente na boca. Mataleena tosse e esguicha a água. Marja senta-se na beira da cama e pede a Hilta que umedeça um trapo. Ela toca levemente o rosto da garota com o pano úmido.

Finalmente, Mataleena se recupera o suficiente para beber um pouco. Mas a água não desce, ela vomita ao lado da cama antes de cair inconsciente novamente.

O anoitecer torna-se escuro. Mataleena recupera a consciência. Desta vez, ela até tenta falar, olha para a mãe e sorri.

– Papai trouxe ovos de pato. Para o meu pequeno cisne, diz ele. – Mataleena ri.

Essa risada vem de algum lugar muito distante, Marja nota. O frio a apunhalá-la de dentro para fora. Ela sente algo que não quer entender.

Naquele instante, a porta se abre. Hilta se levanta de um salto e corre para encontrar quem chega. Retrikki caminha perto da porta do quarto. O dr. Berg se inclina sobre Mataleena.

– Pai... pai... pai... – diz Mataleena com a voz engasgada.

Então o brilho obscuro do vazio surge em seus olhos.

O dr. Berg fecha os olhos de Mataleena. Ele parece cansado. Ele adquiriu a palidez de Mataleena, pensa Marja. Ela se encolhe enquanto o dr. Berg coloca a mão em seu ombro.

– ... Talvez tenha ido para um lugar melhor. – Marja ouve o dr. Berg dizer suavemente.

Um arrepio espalha-se de seu estômago por todo o seu corpo, transformando-se em pesar e varrendo todo o resto para o lado: fome, frio, fadiga. Ele preenche seu corpo oco com um vazio pesado que não deixa espaço para mais nada. Dentro dela há um lago pantanoso cheio de água preta e sem vida. Um pato nada diante de seus olhos. Ele se transforma em um pato-negro aveludado, que tenta levantar voo. Então, uma ventania com neve congela tudo e o vazio reina, o pássaro desaparece. Depois da nevasca, tudo está branco, morto. Marja levanta-se e caminha até Juho, que dorme no banco. Ela coloca a cabeça do menino em seu colo e cai no sono.

A manhã chega, cinza. Retrikki, o dr. Berg e Marja caminham com dificuldade pelo pátio até a sauna, onde Mataleena está deitada sozinha em um banco. O vento tenta arrancar o velho chapéu de Juhani da cabeça de Marja. Retrikki entra.

O dr. Berg para junto à porta. Marja olha para seu casaco, que está largo. O rosto do dr. Berg é magro, mas ela pode ver pelas suas roupas que ele já foi mais robusto. O homem perdeu peso. A elite passa fome também, pensa Marja. A ideia não a consola por muito tempo, pois ela percebe: se a elite não tem pão, como pode haver o suficiente para o povo pobre?

Pensamentos sobre pão e fome desaparecem quando o dr. Berg se move para o lado e ela vê Mataleena. Ela dá um passo para trás, tropeça e cai na neve. O dr. Berg oferece a mão para ela. A cor do rosto do homem é exatamente a mesma que a de Juhani pouco antes de partirem.

O corpo de Mataleena foi levado para o trenó: o doutor está sentado na frente com Retrikki; Marja e Juho estão ao lado de Mataleena. Retrikki faz um som com a boca, balança as rédeas e o cavalo começa a se mover. Hilta continua de pé nos degraus. Ela não acena. Puxa o xale, envolvendo-o mais em torno de sua cabeça. Marja e Hilta olham uma para a outra até o trenó descer a ladeira e a casa desaparecer de vista.

O sol permanece atrás de uma cortina cinza por toda a viagem. Eles chegam a um campo aberto. À sua beira, árvores cobertas de neve fazem uma sombra cinza como os limites entre as terras dos vivos e dos mortos. Marja não confia mais nesses limites. A sombra apaga-se cada vez mais até não poder conter a natureza branca dentro de seus limites. Os dois mundos tornam-se um.

Há uma construção cinza de madeira em mau estado no meio do campo, abalada constantemente pelo vento. Retrikki dirige o trenó em direção ao celeiro. Marja vê algumas habitações miseráveis a distância, no limite da floresta.

Retrikki desce do trenó e abre a porta do celeiro. Marja vê que já há pessoas dormindo em seu interior. Antes que ela possa absorver a cena, Retrikki lhe diz que Mataleena ficará lá.

– Há outros aqui esperando o enterro.

O dr. Berg vira-se, olha para Marja e promete que se assegurará de que a menina logo tenha um funeral decente.

– Ela será jogada em uma vala comum – grita Marja.

— Sem dúvida — admite o dr. Berg.
— Não haverá nem nome na cruz.
O dr. Berg e Retrikki carregam Mataleena para dentro do celeiro em uma tábua. Marja não quer descer do trenó.
— Aonde Mataleena está indo? — pergunta Juho.
— Para o pai — responde Marja.
— Eu também quero entrar no celeiro, ir para o pai — diz Juho.
Marja aperta gentilmente sua mão contra a boca de Juho.
— Mataleena vai para o pai, Juho fica aqui para fazer companhia para a mãe. Senão a mãe ficará sozinha.
Retrikki e o dr. Berg voltam para o trenó. Eles partem imediatamente.
Marja olha fixamente para o celeiro que diminui. Ela pensa na filha, deixada lá sobre uma tábua. Ela não chora. A dor está oculta, escondida em um ovo de pata, que Marja não pode encontrar. A neve voa no campo ou dentro dela.

Depois de um tempo, o trenó para. Dr. Berg diz algo à Marja, aperta sua mão. Ela faz um gesto de assentimento com a cabeça. É somente quando o trenó entra novamente em movimento que Marja nota que o médico foi deixado em frente a uma pequena casa senhorial.
A estrada advinda da casa do médico desce até um vilarejo. Retrikki segue até uma igreja e para diante dela.
— Deixarei vocês aqui. A partir daqui vocês têm que

continuar sozinhos. Não acho que vocês um dia chegarão à São Petersburgo. É melhor que voltem para onde vocês vieram, – Retrikki continua. Ele dá um grito curto de adeus e faz um barulho com a boca para que seu cavalo se movimente.

Marja olha para o pináculo: um dedo magro, sem poder, apontando de forma acusadora para o céu. Então, ela pega a mão de Juho e eles começam a caminhar pesadamente pela estrada. Ela para diante das últimas casas. Ela não sabe qual é o nome do vilarejo. Onde ela está, onde Mataleena fica. Ela trouxe sua filha ao completo anonimato; seu nome não está nem registrado no Livro da Vida.

Marja olha para a estrada deserta à sua frente e aperta Juho forte contra seu peito. Um grupo de mendigos passa; eles se juntam ao fim da fila.

O senador

Eles são os fantasmas deste inverno, as estátuas de neve que o vento derruba sobre o mar aberto de gelo. O navio nunca veio; o inverno veio, sem aviso, da noite para o dia.

– É inútil questionar a minha consciência. Eu sei quem eles são, aqueles espectros agrupados pelo vento. Eu também enterrei meu filho.

Como resposta, o senador sente um bafo gelado no rosto.

Ele passou ontem o dia todo folheando a Bíblia, lendo sobre a profecia de José, sobre aquelas sete vacas magras e sete vacas gordas. Anos de insucesso na colheita já passaram, um após outro, mas não há sinal das vacas gordas no horizonte. Teria sido sua fala incessante sobre as florestas férteis da Finlândia em vão? Essas pessoas não servem para nada, além de arrancar a casca de árvores para suplementar seu pão?

Alguém tem que ver além, além do horizonte. Através desses espectros pálidos. No final, o que importa é o pão; se há alguém que entenda aquilo, é ele. Ele formou a massa lêveda,[3] ela tem o tamanho e a forma de uma moeda de cobre, não é para ser comida, nem mesmo para satisfazer a pior

---

3   Massa lêveda: uma pequena quantidade de farinha e água que é deixada fermentar num local morno, para depois ser misturada com uma maior quantidade de farinha com o objetivo de preparar massa para pão. (N.T.)

das fomes. Pois uma vez perdido, o pão se foi para sempre. Sua tarefa é se assegurar de que o fermento seja passado a gerações futuras, para que eles não dependam sempre do pão de outros.

É o destino mais solitário do mundo, não poder tomar decisões erradas. De um lado, há a pequena nobreza, atormentada por montes de mendigos, com medo de que perturbem as suas vidinhas confortáveis. Eles correm como cachorros perseguindo os próprios rabos, exigindo que dinheiro e comida do Estado sejam deixados nas estradas, para que todos os desgraçados em movimento sejam pacificados e voltem para suas casas.

E, por outro lado, há aqueles que concordam com ele porque sempre concordam com ele. Não conseguem pensar com as próprias cabeças; ele tem que pensar por eles.

A procissão dos mortos cobertos de neve desaparece. O senador olha para Katajanokka. É daí que seu *sampo*,[4] sua fonte mágica de riquezas, vem. Trata-se de um tesouro, no momento ainda cercado por aqueles casebres miseráveis, sufocando sonhos de um futuro mais rico.

O senador fecha os olhos e imagina Katajanokka um dia afundando nas ondas, depois, vindo à superfície, lavada, com casas de pedra orgulhosas subindo ao céu.

---

[4] Sampo é um artefato mágico descrito na saga nacional finlandesa *Kalevala*; foi construído pelo deus ferreiro Ilmarinen, que trouxe boa sorte ao seu dono. (N.T.)

Dezembro de 1867

Aqui jaz o dr. Johan Berg. Placas de solo congelado batem contra a tampa do caixão. No horizonte uma linha vermelha pálida trava uma guerra sem esperanças contra o peso do céu, defendendo a alma do homem morto. Finalmente, ela adquire força e nuvens pesadas encobrem os últimos raios de sol. As sombras sobre os rostos das pessoas em luto tornam-se mais escuras.
– Aposto que os coveiros xingaram ao cavar este buraco – diz Matias Högfors.
– Só espero que a tampa de madeira aguente – responde Teo.
Eles param de cavar e esperam para recuperar o fôlego. As pessoas de luto, vestidas de preto, esperam paralisadas ao lado da cova. Apenas uma mulher pequena, assolada pela dor, permanece a uma pequena distância atrás deles. O pastor se aproxima da mulher e coloca a mão sob seu cotovelo para lhe dar apoio.
Högfors levanta mais terra com a pá. Uma pedra pesada faz com que toda a terra caia antes de alcançar o túmulo.
– Vamos deixar assim. – Högfors sugere, suspirando.
Ele finca a pá na terra junto ao túmulo. Ela não fica em pé, cai e, ao bater no chão coberto de gelo, solta um som como o de vidro se despedaçando.
Teo pega mais uma grande porção de terra congelada

do monte e derruba-a no túmulo.

Ao pé da torre do relógio, há três cruzes de ferro, como no Gólgota, mas elas estão vazias. O olhar de Teo viaja até o topo da torre, como se certificasse de que Jesus e os ladrões não subiram para se esconder.

– Você acredita em Deus, Teo?

– Não, não acredito que este sofrimento e tormento tenham qualquer propósito. É isso que você está perguntando na realidade.

Matias diz a Teo que pense em Jó.

E Teo o faz. Ele pensa alto em todas as crianças miseráveis sendo consumidas nos montes de neve. Ele pensa em Johan, que jaz escondido naquele caixão, onde pedras caem. E então ele pensa em todas as esposas e filhos de Jó: que Deus os deixe morrer para que a fé de Jó brilhe com mais ardor.

– Penso em todos eles. Aqueles que Johan tentou salvar inutilmente. Mas, de qualquer maneira, pense em Jó, Matias, para que ele não seja totalmente esquecido.

– Se este sofrimento deve ser um teste, para quem ele se direciona? A fé de quem será santificada por meio do sofrimento dessas pessoas? Quem é Jó? Os mendigos? Não, Deus protegeu Jó; apenas todos próximos a ele sofreram.

– Você equipara Jó com seu povo, Matias? Esse povo que passa fome enquanto escrevemos poesia: faça o pão para que seja metade xilema, o grão do vizinho foi destruído pela geada. Você já comeu pão com casca de árvore? Eu nunca comi. Não somos do povo, Matias, e nunca atravessaremos o limite entre eles e nós. Só Johan o atravessou: ele esteve entre o povo e morreu de suas doenças.

– Talvez seja o destino dessas pessoas lutar por sua existência e, assim, ficarem mais duras – diz Matias, e continua depois de parar para pensar por um momento: – Mas se não há nenhum Deus, como você diz, não há também destino. Assim, tudo é apenas acaso.

– E é por acaso que os pobres morrem de fome e vão mendigar? Foi o acaso que matou Johan e nos poupou?

– Veja só, você mesmo não acredita no acaso. Sua fé está sendo testada. Talvez você seja Jó – diz Matias.

Teo sente vontade de bater em Matias. A única coisa que Deus poderia levar dele é Cecília. O amor de uma puta é tudo de que ele pode ser privado – ou melhor, seu amor por uma puta.

Ele não está com a vida por um triz, mendigando pão. E ele nem sabe o que faz as massas, que são chamadas de povo, fazê-lo. Para Teo, isso é inexplicável, um grande mistério. O mistério da vida, que só pode ser entendido por meio da morte.

Matias Högfors levanta a pá. Agora ele está apoiado nela e olha para o túmulo aberto.

Teo empurra para trás seu chapéu de pele e limpa o suor da testa com uma luva.

– Pergunto-me, por que não esperar até a primavera?

– Quando você morre, você morre. Você não pode esperar por um clima melhor – responde Matias.

– Não, refiro-me à esposa. Por que ela não adiou o funeral?

– Bem. Talvez ela não tenha achado que haveria outra primavera.

– Sempre haverá uma nova primavera, mesmo após o mais duro dos invernos. – O ministro entra na conversa.

Ele deixou a sra. Berg balançando entre os flocos de neve e olha para o túmulo como que se assegurando de que Teo e Matias não deixaram um buraco na tampa do caixão com suas pedras, fazendo com que a alma do morto escape e fuja do alcance do pastor.

– E o mundo florescerá novamente?

– Exatamente – responde o pastor.

Ele faz um gesto de aprovação com a cabeça; o caixão está intacto e há terra o suficiente no topo para servir como peso. Café está sendo servido na reitoria.

– A sra. Berg quis enterrar Johan antes de partir. Estou levando-a a Kokkola para passar lá o inverno. Não resta nada aqui para ela, ela nem sabe finlandês. – O ministro conta.

Junto ao muro do cemitério, árvores nuas ascendem como raios congelados em sua tentativa de acertar o céu do chão. Teo dá um olhar de despedida para o túmulo e vê a sra. Berg levantando uma pedra grande dentro dele com uma pá comprida. Matias volta correndo, toma a pá da esposa e continua enchendo o túmulo. Ela fica de pé, com os ombros caídos, observando a terra caindo no buraco.

Teo acena para dois homens magros de pé ao lado do portão do cemitério. Ele lhes oferece uma nota. O mais alto dos dois enfia a nota no bolso.

– Eu sabia, porra, não sabia? – Ele diz bufando para o

companheiro.

Matias oferece o braço à sra. Berg e a guia através do portão.

Teo olha para cima, para o céu. Ele gostaria de ver um sinal de Johan ou mesmo de Deus. Mas há um carpete cinza cobrindo o firmamento. Se Deus está por trás dele, ele não está olhando para a Finlândia, e Johan não subiu de seu túmulo, mas jaz em um caixão de madeira, com pedras batendo contra sua tampa como sinos de igreja proclamando o fim de uma vida. Resta apenas o sono eterno, sem sonhos.

É aí que Johan Berg é colocado para descansar, mas não há nenhum velho amigo lá, apenas algo que um dia foi Johan Berg. A risada alta que ele soltava, anos atrás, quando estava sentado bêbado a uma mesa na Vihreä Huvila, ainda ecoa na cabeça de Teo, porém cada vez mais apagada.

E quando Teo não mais ouvi-la, não restará nada de Johan.

Depois do café, sentados em poltronas confortáveis, Teo e Matias acendem seus cachimbos. O forno no salão da reitoria exala um calor que os faz esquecer do túmulo gelado por um instante.

Teo conta a Matias sobre a visita que ele fez a uma pequena cabana no caminho. Quando entrou, o fazendeiro mal olhou para ele sob as sobrancelhas escuras.

Teo tentou falar a língua do homem com ele. Quando

não obteve sucesso em conseguir uma resposta, colocou uma nota na mesa. O olhar do homem moveu-se sobre a superfície nua em sua direção. Quando seus olhos chegaram ao dinheiro, o homem se levantou, pegou uma caixa de madeira de cima do fogão, colocou-a na mesa e tirou três notas idênticas. Então, ele se sentou e olhou para o dinheiro.

– Você come o seu, daí eu comerei o meu – resmungou finalmente.

Teo estava prestes a se levantar e partir quando de algum canto uma mulher apareceu e lhe trouxe uma tigela de mingau. O homem desapareceu bufando e não voltou enquanto ele esteve lá. A mulher não parava de mexer as mãos, desculpando-se e segurando nervosamente o avental. Ela então pegou o dinheiro, o do homem e a nota que Teo colocou na mesa, e colocou-o dentro da caixa que devolveu ao esconderijo. Ela virou-se de frente para Teo e fez uma reverência. Ele, já de pé, respondeu à reverência agradecendo-lhe acidentalmente em sueco e partiu.[5]

Matias ri da história como se fosse uma piada engraçada. Teo também tem que gargalhar ao lembrar-se da situação. De qualquer maneira, ele se pergunta como eles podem ser tocados pela pobreza ao redor, se eles meramente se divertem com isso. Se realmente sentissem o que está acontecendo, ainda conseguiriam rir?

Ao invés de olhar para os outros, como deveriam, eles olham para o espelho. Veja, lá está o seu vizinho, moldado

---

5   A Finlândia é um país bilíngue (as línguas oficiais são o finlandês e o sueco). Na época, a elite falava predominantemente sueco enquanto a grande maioria do povo falava e fala finlandês. (N.T.)

por Deus em sua própria imagem. A maneira que se porta diante dele, você se porta diante de Deus; sirva-o, portanto, e faça o bem que puder.

E Johan, o que aconteceu com ele? Teria o urso com sua risada pronta – o rosnado masculino, aterrador – se transformado em um espectro emaciado? Essa realidade tocou Johan Berg com seus dedos frios e roubou dele toda a alegria que esse grande amigo teve durante sua vida?

Em suas últimas cartas para Teo, Johan escreveu sobre os anos partilhados de estudante, repetindo as velhas histórias como se estivesse se convencendo de sua realidade. Apesar de todas as lembranças divertidas, as cartas eram melancólicas. Ou por causa delas: talvez o contraste fosse tão grande que, como escreveu, Johan percebesse que tudo agora estava perdido. Teria sido a alma de Johan anestesiada pelo que via como realidade ou pelo que viu como morto e perdido?

O livro de Marja

A parede amarela se estende por todo o comprimento da rua. Marja anda sob as janelas. O prédio de madeira parece um forte. O gelo forma um véu fino e magro sobre a pintura amarela, incapaz de penetrar na grande casa.

Um homem vira a esquina e salta em frente de Marja como uma lebre assustada. Seus olhos têm a mesma expressão de Peni, o cachorro de Pajula, depois de Lauri tê-lo espancado em uma fúria embriagada.

Marja tropeça e cai contra a parede. Juho balança junto com a mãe, como um galho que se rende a todo capricho do vento.

O homem perde o equilíbrio ao desviar de Marja, mas consegue impedir sua queda com uma das mãos. Ele continua atravessando a rua com a mesma velocidade, só que de quatro. Três outros homens, que parecem ser proprietários de terras, o alcançam. Um deles, que veste pele de lobo, agarra o homem de quatro pelo colarinho e puxa-o violentamente. O fugitivo levanta-se como um cavalo assustado. Em seguida, escorrega e cai em seu casaco. O homem de pele de lobo o atira para o chão como se fosse um gato selvagem.

– Ladrão, ladrão – diz roucamente uma mulher em um xale azul que seguia os passos do homem.

Um homem murcho de bigode caído tira metade do

casaco do ladrão.

O ladrão olha aterrorizado para o homem de bigode, aperta a testa na neve e respira ofegantemente. Ele encolhe os ombros, como se esperasse um golpe. Seu perseguidor tira um pedaço de carne de dentro do casaco e o levanta como um troféu para que todos vejam. O homem se encolhe e simplesmente fica deitado lá. Não por causa do golpe, mas porque não tem forças para resistir. O homem de bigode o chuta. Marja cobre os olhos de Juho.

A mulher de xale azul vê Marja e aponta para ela um dedo magro e longo.

– Lá vai outra mendiga, ladra de carne, bandida, puta. – A mulher grita.

Marja aperta Juho na tentativa de protegê-lo, com força demais. Juho tenta afastar a mão da mãe. Ele consegue espiar por entre os dedos e vê o homem usando as mãos para se arrastar para a frente. Sangue vermelho vívido escorre de sua boca.

Os perseguidores se viram para Marja. O homem de bigode olha para trás, antes de se voltar para olhar o homem espancado que se arrasta.

Os olhares são vazios; eles emanam frieza. A mulher de xale abre e fecha a boca. Marja vê os dentes e a respiração congelada subindo da boca da mulher com suas palavras; ela não ouve sua voz. A cidade começa a girar lentamente à sua volta. O homem de casaco de pele de lobo se aproxima.

– Deixe-a em paz. Ela está com uma criança e tudo o mais.

As palavras do homem abrem os ouvidos de Marja.

Depois de um instante de surdez, ela ouve os sons da cidade novamente. Eles trovejam no vazio dentro de sua cabeça, causando dores lancinantes atrás de seus olhos, mas então, finalmente, eles se acomodam em seus lugares certos. O homem de casaco de pele de lobo diz para ela que há um abrigo do outro lado do rio, ao pé da colina da igreja. Deveria ir para lá.

Marja não consegue mover as pernas. Ela olha na direção indicada pelo homem de casaco de pele de lobo, depois para sua mão e, finalmente, para o seu rosto. Instantaneamente, ela percebe o quão débil deve parecer. Ela começa a tremer de exaustão.

O homem de casaco de pele de lobo pega Juho. Marja alarma-se; ela tenta parar o homem, mas consegue apenas mover uma das mãos fragilmente em sua direção.

– Bom, eu os levarei lá.

Marja leva um momento para entender as palavras do homem. Ela se acalma e seu corpo para de tremer. A mulher de xale azul está agora de pé ao lado do homem e olha com curiosidade para Juho.

– O sr. Gustafsson deve tomar cuidado. Pode ser que o menino tenha alguma doença. *Tifu*.[6]

– Pode ser. Sempre pode ser. Tifo.

O homem se vira e começa a andar. Juho estica a mão para a mãe.

– Vamos – ordena Gustafsson.

Marja segue a luva que Juho estica. No cruzamento, ela

---

6 O erro é proposital, ela fala errado. (N.T.)

olha para o ladrão deitado no chão. O homem de bigode já está indo embora, o pedaço de carne debaixo do braço. A mulher de xale azul corre para alcançá-lo e o homem com quem ele está. Tendo juntado-se a eles, olha para trás, para Marja e Gustafsson, e parece estar explicando algo, ela puxa a manga do homem de bigode, mas os homens estão mais interessados no pedaço de carne do que em qualquer coisa que ela queira dizer.

O ladrão atraiu passantes curiosos. Uma risada abafada soa da multidão. Marja vê um garoto jogando bosta de cavalo nele. Um monte congelado de excremento acerta o rosto do homem. Marja tropeça, como se seu rosto houvesse sido acertado. Mas o ladrão não sente mais nada; ele respira apenas sangue agora.

– Que isso seja uma lição para você. É isso o que acontece com ladrões. Em tempos como este, ninguém tem dó de quem rouba comida. Todos passamos a mesma fome. Se mendigos vêm, damos o que podemos, se pudermos – diz Gustafsson. – Lembre-se disso, não se sinta tentada.

Marja não pode ver o rosto do homem; parece que é o casaco de pele de lobo que fala com ela. Ela não consegue distinguir se a voz é amigável ou hostil. Tenta forçar uma resposta, para que o homem continue a falar. É bom ouvir outra pessoa falar. Quando tem que se esforçar e se concentrar em ouvir, ela esquece momentaneamente do frio e da fome. Não importa o que a pessoa esteja dizendo, desde que esteja falando com ela. Então se lembra que há outras pessoas no mundo e que as pessoas ainda conversam. E um dia, talvez, o assunto será outro senão pão, sua falta ou fome e doenças.

As pessoas falariam sobre a primavera que chega, sobre o derretimento do gelo. Sobre os cisnes que alguém viu no lago Pyhäjärvi. Sobre o alagamento dos campos vizinhos e sobre a água da enchente tomando o trenó de Verneri Lenkola e sobre o cachorro de Lenkola sentado no trenó como o capitão de um navio destinado a praias distantes. Sobre Juhani levando Mataleena até a beira do pântano para ver as garças fazerem sua dança da primavera.

– Chegamos. Você pode pedir a Hakmanni, o guarda da igreja, um pedaço de pão, embora ele provavelmente não tenha nenhum. Mas ele terá água para vocês beberem. Ele mora lá; o abrigo fica mais abaixo, em direção aos campos.

Gustafsson coloca Juho no chão e começa a voltar na direção do rio sem se despedir. Um jovem surge do barraco de madeira e vem em direção a Marja, ele está segurando lenha com força, como se fosse uma criança. Dá as boas-vindas em nome de Deus a Marja e Juho. É Hakmanni. Ele tenta sorrir e uma expressão idiota, porém gentil, atravessa seu rosto.

– Infelizmente não tenho pão, ou talvez haja um pedaço pequeno para a criança. Mas você pode passar a noite no anexo da casa. Ou talvez eu possa deixar que fique com meu... pão, quero dizer, não posso deixá-la ficar na casa principal. É proibido. Epidemias. Estou falando sobre a minha casa, para o abrigo obviamente vocês podem ir, como acabei de dizer. Esta lenha, eu a levarei mais tarde. Ou não:

espere aqui, eu levarei a lenha, vamos ver sobre o pão mais tarde. Dessa forma, não haverá briga. Todos deviam ganhar um pouco, mas não há o suficiente.

Hakmanni vai, meio correndo, para o abrigo. A lenha parece prestes a cair de seus braços e ele tem que se contorcer, fazendo o passo se tornar descompensado.

O céu é da cor do olho de uma cobra. A primeira estrela se acende e Marja sente a cobra observando-os, Juho e ela. Retorna o olhar para a cobra, olhos nos olhos, mas não é possível enganá-la.

Finalmente, o perfil de Hakmanni surge lentamente na ladeira coberta de neve, íngreme e negra. Marja espera que o homem expulse a cobra, mas percebe que Hakmanni não é capaz. A cobra sorri.

Marja está de pé em um degrau. Hakmanni se assusta ao vê-la, acorda de seu estupor e coloca a chave na fechadura.

– Foi aqui que os deixei, do lado de fora no frio congelante? O vigário manda que eu deixe a porta trancada como precaução. Nesses tempos, há todo tipo de gente andando por aí. Embora eu não veja o que tenho para ser roubado. Pão, talvez, mas precisamos dar para os necessitados, não se pode chamar de roubo. Eu deveria ter deixado que entrassem, lá é quente. Vocês devem estar congelados.

Dentro do anexo, Marja se senta na beira do sofá. Hakmanni joga pequenos pedaços de lenha no forno. No calor, Juho adormece no colo da mãe. Hakmanni limpa as mãos em seu casaco e desaparece em outra sala. Marja coloca Juho no sofá e vai beber água de um pote. Hakmanni volta com meio pão e uma caixa de batatas pequenas, escurecidas pela geada.

– Eu não deveria, na verdade, dar isso para residentes do abrigo... Nossa, são pequenas nessa época, não? – Hakmanni solta um riso sem júbilo.

– Não se pode diferençá-las de mirtilos. – Marja lembra-se da comparação.

– Elas são o que eu mesmo como, não há nada mais, temos que nos virar com o que há – Hakmanni balbucia, pedindo desculpas.

– É bastante, eu não me lembro da última vez que vi batatas. – Marja se apressa a dizer.

Hakmanni suspira, como que aliviado. Ele vira a caixa de um lado para outro e olha os pequenos mármores negros rolando de lá para cá.

– Elas são assim nestes tempos. Pretas e modestas... embora você não possa na realidade chamar esta época de modesta. Está sendo um fardo pesado. Os mais afetados são aqueles que receberam menos. As colheitas são magras; estas são as colheitas nestes dias, pequenas e pretas...

Está bom, ele pelo menos está falando, pensa Marja. As palavras de Hakmanni flutuam no pequeno cômodo como grandes flocos de neve. Eles caem suavemente sobre Mataleena e Juhani, cobrindo docemente suas lembranças, e Mataleena sorri debaixo do véu de neve.

– O menino está dormindo tão maravilhosamente. É uma pena acordá-lo.

Os flocos desaparecem. Marja acorda para o crepúsculo do quarto e olha para Hakmanni com curiosidade. Ele parou de mexer a caixa e colocou as batatas em uma pequena panela.

– Mas ele tem que ser acordado para comer, não posso deixar que levem comida nenhuma com vocês. Todos estão famintos no abrigo e a fome deixa as pessoas desesperadas. Eu já vi pão sendo tirado da boca de uma criança – continua Hakmanni. Ele aponta para Juho, descansando no sofá.

- Eles mataram um ladrão no cruzamento do outro lado da ponte. – Marja lhe conta.

Juho mastiga uma batata por bastante tempo, até esta se dissolver e escorrer como saliva dos cantos de sua boca. Hakmanni não diz nada, simplesmente olha para Juho, cujas mandíbulas continuam o movimento sem fim.

– Bem, não sei se ele estava morto, mas parecia – Marja continua.

– Devemos tentar entender – sussurra Hakmanni finalmente. – Considerando que há falta de comida em todos os lugares. As pessoas perseguirão um pedaço de carne como uma matilha de cachorros e partirão umas às outras em pedaços.

– Foi exatamente um pedaço de carne que ele roubou.

A cobra desapareceu. As estrelas cintilam, brilhantes e

mortas, no céu escurecido. Marja caminha, segurando uma lamparina, por uma trilha na neve em direção ao abrigo. Hakmanni vem atrás dela, carregando Juho, que dorme.

De dentro da cabana, uma rajada fumacenta de ar os atinge. Marja consegue ver um forno feito de pedras escurecidas e a luz avermelhada do fogo brilhando e tremulando fracamente em direção ao chão sujo, até se recolher novamente por trás das pedras após atingir as pessoas maltrapilhas lá deitadas.

– Deus a abençoe – diz Hakmanni, fechando a porta. Marja segura Juho e procura por um lugar vazio. Ela se acomoda em um banco debaixo da janela e deita Juho no chão, o mais perto do forno possível.

Os pequenos vidros das janelas estão cobertos de fuligem do lado de dentro e gelo do lado de fora, mas Marja vê estrelas através delas, ainda olhando cruelmente. De repente, dedos ossudos são colocados em volta de seu pescoço e a derrubam no chão. Uma respiração ofegante e repugnante penetra a fome e a exaustão de Marja, aterrorizando-a. Ela tenta gritar, mas não consegue respirar. Finalmente, os dedos gelados soltam seu pescoço, apenas para começar a arrancar suas roupas. Os dedos gelados a agarram, procurando por pão escondido nela ou carne humana, consumida pela fome. Desesperada, Marja tenta agarrar a manga de Juho, mas os dedos apertam seu pulso e fazem-na soltar a mão.

– Uma puta vendendo suas partes; ela acha que ganhará pão com isso. – A voz maligna de uma velha ressoa na escuridão da sala.

– Você não conseguiu ir para o quarto de um homem da elite? É por isso que você vem aqui mostrar sua xoxota? Hehehe...

O gelo estala nas paredes de madeira e, ao mesmo tempo, o homem desaparece no ar fétido; Marja é deixada deitada no vazio.

Um estalo ressoa: o homem cai no chão. Leva um tempo para Marja compreender o baque. Ela se vira e vê uma figura magra segurando um pedaço comprido de madeira.

– Você matou um homem, você matou um bom homem. – A velha megera exorta.

– Cale a boca, vagabunda. – Uma voz soa de um canto.

– Mancomunado com a puta. A puta seduz e o outro ataca. Eles mataram um homem, assassinos! Assassino! Puta!

– Mais um pio, sua filha da puta, e você levará da mesma tora.

A voz pertence a um menino jovem. Provavelmente não muito mais velho do que Mataleena, pensa Marja. Juho acordou e está chorando. Marja o pega no colo para acalmá-lo e, ao mesmo tempo, se acalmar.

A porta range e é aberta, uma lamparina aparece e depois dela o rosto de Hakmanni. – Pelo amor de Deus, o que é esse barulho?

A lamparina de Hakmanni ilumina a sala. O homem esquelético deitado de bruços no chão observa, com os olhos arregalados, enquanto a palha começa gradualmente a boiar no sangue vermelho. Ele escorre bem em frente aos seus olhos, mas, ainda assim, o homem olha de muito longe.

– Morto – afirma Hakmanni com pesar.

– Assassinado pela puta! A puta e seu ajudante – grita a pequena velha raquítica. Mas suas palavras são ignoradas, despencando novamente das tábuas pretas do teto.

– Cale a boca, sua vagabunda louca. Não ligue para ela. Você pode ver o que aconteceu: o cara estava tentando encontrar o caminho no escuro com as calças baixadas. Ele tropeçou e bateu a cabeça naquela tora. – Um homem sentado no canto se une à conversa.

Hakmanni olha para o corpo, depois se vira para o garoto segurando o pedaço de madeira.

– Eu o encontrei no chão. Eu o peguei para impedir que outro acidente acontecesse – diz o menino calmamente.

– Você nem é um homem ainda e já foi para aquele caminho – diz Hakmanni com mais pesar do que crítica.

– Você quer dizer o caminho do mendigo?

– Você sabe o que quero dizer. Pela sua alma, você tem que saber disso; pois você também tem uma alma. Assim como esse pobre homem tem – diz Hakmanni gentilmente.

– Acho que não tem mais alma – comenta o homem no canto.

– Talvez não nesse corpo, mas ele está suplicando pela misericórdia de Deus agora, como todos nós suplicaremos um dia.

Hakmanni dá a lamparina para o garoto e se vira para o homem no canto.

– Temos que tirar esse corpo daqui. Nós o carregaremos

para o barraco por esta noite.

– Vamos só jogá-lo lá fora, o frio impedirá que apodreça.

– Ele também era um ser humano. E, de qualquer forma, será comido por cães se o deixarmos a céu aberto.

Hakmanni e o homem que estava sentado no canto levantam o cadáver; o garoto mostra o caminho com a lamparina.

– Você terá de partir pela manhã, garoto; não pode mais ficar aqui. – Marja ouve a voz de Hakmanni antes de a porta se fechar.

Quando a lamparina desaparece, a sala fica escura novamente.

– A puta está feliz agora? Você matou um bom homem. – A velha diz ironicamente.

– Cale a boca, caralho – uma voz feminina ordena. – Deixe que as crianças, pelo menos, possam dormir um pouco. Bruxa maldita.

Marja aperta o rosto contra o de Juho. Ela está exausta demais para chorar, mas a lágrima no rosto de Juho parece confortante.

Uma mulher com quatro crianças está de pé em frente à casa de Hakmanni. A pequena senhora vem mancando em sua direção; Marja ouve-a explicando como, durante a noite, uma prostituta matou um bom homem. Primeiro, ela o seduziu e depois, tendo colocado as mãos em seu dinheiro, deu o sinal para seu cúmplice acertá-lo com uma clava.

E o pastor está fingindo não saber porque seu silêncio foi comprado. As crianças tentam se esconder da velha atrás de sua mãe. Quando Hakmanni sai, a velha continua. Ela puxa a manga da primeira pessoa que encontra e aponta para Marja.

Hakmanni olha para Marja seriamente e coloca um pedaço de pão em sua mão. Ele a aconselha a ir ao abrigo oficial, do outro lado da cidade. Lá ela receberá pão em troca de trabalho.

– Se eles tiverem pão – continua Hakmanni.
– O que eu precisaria fazer lá?
– Caixões.

Uma risada sem alegria escapa de Marja. Hakmanni também percebe quão grotesca é a situação. Uma expressão entre uma careta e um sorriso de desculpas espalha-se pelo seu rosto.

– Coloque sua fé em Jesus – sussurra Hakmanni, e vai levar a mulher com os quatro filhos para o abrigo.

No canto do cemitério, o menino da noite anterior junta-se a Marja. Ele é mais alto do que Marja, quase uma cabeça, embora ainda seja um garoto.

– Ah, é você. Eu não pude dizer obrigada.
– Ah, eu *shinha* vontade de acertá-lo de *gualquer* forma. Eu só não *shive* a chance antes.[7]

---
7   As alterações na ortografia de algumas palavras visam marcar o sotaque pesado de Ruuni. (N.T.)

– Qual é o seu nome?
– Ruuni.
– Que tipo de nome é esse? Você não o encontra nos registros da paróquia – ri Marja.
– Algum de nós ainda está nos registros, *aguele* que chamam os nomes dos portões do céu? Não importa sob *gual* nome você sai mendigando. *Aguele* que o pastor me deu não *chem* significado; o pastor não fez muito esforço para chamar a sua ovelha. Eu dei nome a mim mesmo e agora sou meu próprio senhor.
– Você não teme pela sua alma, como Hakmanni disse que deveria?
– Acredite em mim, o fato de o pastor saber seu nome não a salvará também. Você dividiria o pão miserável que a ovelha lhe deu? – Pergunta Runni.
– Pensei em dar para Juho.
– Bem, Juho dividiria? – pergunta Ruuni, curvando-se para o menino.

Marja ri e tira o pão do bolso. Ruuni tenta divertir Juho fingindo que tira seu próprio polegar, mas Juho olha seriamente para o dedo que se mexe, sem ver nada de engraçado naquilo. Eles estão sentados nos degraus do celeiro e Marja divide o pedaço de pão em três.

– Xilema de verdade. Ele é uma raposa, não um homem, *aguela* desculpa de pastor – diz Ruuni com admiração e chupa o pão, suspirando.
– Você vai para o abrigo fazer caixões? – pergunta Marja e Ruuni balança a cabeça.

– Sabe, não lhe perguntarei o seu nome. No fim desta *viaguem*, a que nós estamos, há uma vala comum. E não *haverrá* nenhum pastor fazendo a chamada lá. *Guando* os mortos levantam-se no Juízo Final, eles não *saberrão* de *guem* são os ossos que reuniram. Não importa *guanto* fino o nome for, um Viljaami pode muito bem estar carregando a *chíbia* de um simples Jussi. Então ele é agora Viljaami ou Jussi? O demônio *terrá* que sortear muitos para ver *guem* sobe e *guem* desce. Somos parte da mesma pilha de ossos, *chodos* nós. E não faz nenhuma *diferrença* com o momento atual. De fato, já estamos em uma grande vala comum. Como você pode ver a *diferrença* entre nós *guando* todos nos *parrecemos* com *esgueletos*?

Juho dá uma risada, o que deixa Marja de bom humor.

– Alguns dos proprietários de terras têm um pouco de carne em seus ossos. – Ela nota.

– Eles vão *parra* o céu também; eles sabem murmurar "Deus poderoso", até mesmo os magros. O resto de nós mais provavelmente irá chamar Satã, *guando* o povo rico chamar o nome de Deus. Porém, não Vaasko. Ele amaldiçoou colonos e criadas em nome do diabo, mas Satã não se *incomodarria* com a encheção: Vaasko *serria* um capataz *shão* cruel, mesmo no inferno, que o diabo *começarria* a sentir pena das almas *shorturadas*. Então até Vaasko se espreitará pelos portões do céu.

As histórias do menino divertem Marja. Ele ouviu cuidadosamente a conversa de homens velhos e aprendeu com a agressividade de empregados de casas grandes. Aqueles que ficam sentados em bailes, as mãos entrelaçadas atrás de suas cabeças, as abas de seus bonés sobre os olhos, tagarelando sobre senhores, amantes e as bundas de donzelas. Na manhã seguinte, eles ficam de pé com o boné na mão diante dos senhores cruéis, como se estivessem sendo testados sobre catecismo pelo vigário e são repreendidos por terem colocado a sela no cavalo de um jeito errado ou por ter afiado mal a foice.

Juho está rindo. O riso da criança abre um caminho através do desespero cinza. E ela não leva para a morte branca, mas para São Petersburgo verde-amarelada e primaveril. No vazio faminto e oco do estômago de Marja, a cidade do czar parece emergir segurada por um pulso frio e ossudo. Belos abetos verdes cercam a rua, pela qual Marja anda, segurando a mão de Juho. Eles entram em uma loja e compram um pão. O vendedor gordo sorri e elogia Juho, chamando-o de garoto formoso. O rosto sorridente da esposa do vendedor aparece da sala dos fundos. Ela concorda que ele é formoso e o homem dá uma rosquinha para Juho.

– Bem, diga-me seu nome, afinal. Posso falar bem de você nos portões do céu – *chegarrei* lá antes de você com certeza. – Ruuni interrompe os pensamentos de Marja.

– Meu nome é Marja. Você não está indo para o céu. Mas posso falar por você para o czar quando chegar a São Petersburgo.

– A-ha. Deus não é nada então. Vamos continuar juntos. Eu poderia ir a São Petersburgo *shambém*, *shenho* que ver algo, – diz Ruuni, e desaparece atrás do silo.

Fora da cidade, eles pegam uma carona no trenó de um velho. A viagem passa em silêncio; o único som é o da neve sendo mastigada tristemente debaixo do trenó. O fazendeiro para o trenó em um campo.

– É aqui que vocês descem. Sigam o caminho pelo campo; há algumas habitações lá – diz o homem, e Marja percebe que ele não quer oferecer hospedagem. Ela tenta olhar no olho do velho, mas ele olha para o campo ou para a neve, jamais direto para ela.

O breve período de luz ainda não acabou. No meio do campo há um celeiro e Ruuni sugere que descansem lá por algum tempo e comam.

– O que temos para comer, então? – Marja pergunta-se.

Ruuni tira um pão de dentro do casaco.

– Você o roubou? – Marja está horrorizada.

– Pode crer que roubei.

As paredes do celeiro têm frestas, mas há um pouco de feno. Marja reflete se poderiam passar a noite lá.

Ruuni divide o pão em três e dá o menor pedaço para Juho.

– Como você acabou virando um mendigo? – pergunta Marja.

– Vaasko me jogou *forra* no instante em que sua barriga começou a roncar. Um velho gordo, ganancioso. Se sente a mínima fome, ele tem que pegar a comida *parra* ele imediatamente. Ele percebeu que se não jogasse *forra* os empregados, *sheria* menos o que comer. Não *sheria* causado nenhum mal ao gorducho.

– Você é órfão?

– Minha mãe morreu de tifo no asilo. Isso foi na primavera. Estive em movimento desde então. Não é bom ficar parado. Não sou mais uma criança, com olhos fofos. *Shive* que aprender a roubar. Ninguém tem pena de alguém como eu e eu não consegui ter um *peguenino* ainda. Se eu tivesse, *poderria* exibi-lo *guando* estou mendigando. Falando nisso, você *poderria* me emprestar o seu Juho – eu *poderria* viver como um rei. Aposto que é só você *aparrecer* à porta das pessoas e seus olhos se enchem de água e eles lhe dão o seu pão.

– Não é assim – diz Marja, e pensa em Mataleena.

Ruuni vê pela expressão de Marja que ela está engolindo lágrimas junto com o pão. Ele coloca a mão em seu ombro. Marja coloca sua mão em cima da de Ruuni e a aperta carinhosamente. Por um momento, ela sente que todos os mendigos do mundo formam uma família, como se eles sentissem a mesma dor e estivessem em luto por Mataleena, dividindo seu sofrimento.

Juho, Marja e Ruuni se enrolam para dormir no feno escasso, tão próximos uns dos outros quantos filhotes de rato no ninho. Marja acaricia as orelhas de Ruuni, que se destacam como as asas de um filhote de passarinho aprendendo a voar. É difícil imaginar o garoto com as orelhas protuberantes como um esqueleto, embora seu rosto esteja murcho de fome e seus olhos estejam afundados e com olheiras escuras. Juho e Ruuni já estão roncando levemente. Marja também fecha os olhos.

Marja se levanta do feno. As frestas nas paredes do celeiro se tornaram ainda maiores. O vento suspira roucamente, como alguém com pneumonia. Através da parede, Marja vê uma figura de três pernas aproximando-se de longe no campo. De repente, ela a reconhece como o homem que Ruuni acertara.

O homem anda sem calça na neve; um membro longo entre as pernas, como um sincelo gigante. Ele abre um sulco no campo coberto de gelo. O sulco enche-se de sangue vermelho.

Marja está aterrorizada. Ela se espreme contra a parede e espera que o homem não a veja. Ele já está passando pelo celeiro se arrastando, quando para subitamente e se vira para encará-la com olhos mortos e a língua pendurada indecentemente. E seus olhos ardem com algo que deixa Marja paralisada de terror.

Até ela subitamente perceber que é Juhani. Seu Juhani. Mas o alívio é breve, pois os olhos de Juhani são bolas de neve que se despedaçam no vento, deixando apenas buracos negros para trás. Então, uma rajada de vento sopra Juhani, que se tornou apenas neve, sem existência; seu amado é lentamente espalhado por todo o campo. Alarmada, Marja olha para Juho, deitado no feno. Não é Juho, porém, mas Ruuni, com quem ela acaba de se deitar.

Mas o garoto é Juho, Ruuni nunca existiu. Ao contrário, seu pequeno Juho cresceu sem que notasse e ela o confundiu com um homem. Ela grita, mas o grito não vem à tona – uma mão invisível aperta sua boca, que continua aberta.

Marja não consegue respirar.

Ela percebe que aquele é o mesmo celeiro onde ela deixou Mataleena e, quando ela se vira para olhar, Mataleena está deitada a seu lado, branca como a neve, em uma tábua cinza.

Marja acorda assustada e tenta respirar. O frio penetra seu corpo em todas as direções. Juho está a seu lado e, encolhido ao lado do menino, Ruuni. Marja tenta dissipar o pesadelo, mas leva muito tempo para as imagens deixarem-na em paz. Então, ela chacoalha Ruuni, acordando-o.

– Temos que partir. É frio demais para passar a noite aqui. Escurecerá logo.

Ruuni acorda relutantemente. Quando ele entreabre os olhos, o frio o toma. Quando os fecha novamente, algo o arrasta mais profundamente para o calor traiçoeiro do sono. Mas Marja força Ruuni e Juho a se levantarem.

As sombras se esticam. Elas começam a se espalhar sobre a paisagem, engolindo-a brevemente. A neve é funda, Ruuni e Marja se alternam para carregar Juho. Marja tenta se prender à imagem de São Petersburgo, mas a cidade encolhe. Um campo de neve e uma floresta escura surgem à sua volta e, finalmente, as árvores escondem os palácios, que escapam à distância.

No final, tudo o que resta diante dela é um caminho

sinuoso entre pinheiros sombrios. A neve espalha uma luz cruel. Ela revela provocantemente uma estrada que não diminui quando se anda. Até que, de repente, depois de uma curva, surge um rio estreito congelado com uma ponte de madeira e um moinho e uma casa de moinhos elevando-se do outro lado.

Sem bater, Ruuni abre a porta da casa de moinhos. A sala é pequena. O moleiro está deitado, respirando ruidosamente no sofá. A cama é curta demais para ele; o homem está curvado estranhamente. A luz fraca desenha sombras profundas no rosto mortalmente pálido do moleiro. Ele vira o rosto para a porta e mira os visitantes com olhos vazios.

– Sarna – uma voz diz do canto.

Marja vê uma mulher de cabelos brancos. Ela tem na cabeça uma meia de lã grande, que está se desmanchando acima de sua testa. Seu cabelo embaraçado sai por baixo. Marja olha para o pé do moleiro. Longo. Ele é um homem alto. Era – não é mais.

– Fechem a porta – ordena a mulher. – Não há mais nenhum lugar para ir por aqui. Não é inevitável que pegarão a doença se não se aproximarem muito, mas o frio certamente os matará se fugirem daqui à noite.

A mulher promete comida só para Juho. A sala é escura; a lareira brilha com uma luz estranha. A mulher parece de repente desaparecer na escuridão e reaparece no canto, quando brasas dirigem sua luz vermelha na direção dela.

Maços de feno seco estão pendurados no teto, por todo lado. A mulher se levanta com dificuldade, quebra o ramo de um maço e o despedaça em tigelas de madeira, antes de colocar água quente de um bule. Ela empurra as tigelas para Ruuni e Marja. Ruuni hesita. A mulher solta uma risada vazia.

– Eu sabia que isso iria acontecer quando um corvo-branco pousou no moinho há dois outonos – diz, olhando agudamente para os visitantes.

– Ela é louca. – Ruuni sussurra para Marja.

A mulher bate o punho magro na mesa, seus olhos pretos brilham. Subitamente, ela cai em uma gargalhada vazia de novo.

– E daí, quem não seria em uma época dessas? E logo a doença terá reinado aqui por mais de um ano. Até homens velhos ficam com pus e quase morrem disso, não conseguem abrir os olhos por semanas. E perdem a visão de um olho. Ele ali, seu corpo inteiro é uma casca grande, claro que se perde a razão. Esse é o castigo de Deus para a maldade dos homens, é isso o que o pastor diz.

A mulher olha para o moleiro chiando, depois olha para cima através das vigas do teto em direção às nuvens escuras que se juntaram sobre a cabana até o reino dos céus. Uma acusação obscura flameja em seus olhos.

– E que mal aquele homem fez para você? Irei perfurar seus olhos, seu maldito, já que não consegue ver nosso sofrimento!

Marja está assustada com a tempestade da mulher e está certa de que nosso Pai em Seu trono pensa o mesmo e está acertando Sua posição para ficar mais confortável.

– Isso – o moleiro uiva de sua cama. Ele tenta levantar o punho fechado, mas este cai fragilmente sobre a coberta.

A mulher encara agora o tampo de madeira da mesa, arranhando-o com as unhas pretas. Marja vê a mulher observando os próprios dedos, como se esperasse que um campo arado abrisse e batatas grandes douradas emergissem do sulco. Ao contrário, uma farpa entra sob sua unha. Ela se acalma para tirar a farpa.

– Por todo o outono, as pessoas vieram a este moinho apenas para moer ossos de animais para fazer farinha. Nem um único grão, apenas ossos, devorados brancos. Às vezes, fico pensando que em breve, quando sua hora chegar, moerei seus ossos para fazer uma farinha fina. E os meus também; eu espremerei o próprio corpo entre as pedras de moinho com bruxaria. Deixarei a porta e todos os buracos abertos para que o vento possa nos levar. Então não haverá sinal de nós deixado neste mundo. Como se jamais tivéssemos existido. Um homem que trabalhou por toda sua vida e esse é o fim que ele sofre.

De repente, a mulher se levanta e ordena que os mendigos vão dormir na cama de visitas. Ela vira o moleiro de lado e se deita a seu lado no sofá estreito. As brasas na lareira continuam a brilhar por muito tempo, mais que o natural.

Juho não consegue mais ficar acordado. Marja e Ruuni mais uma vez se alternam para carregar o menino. O vento bate em seus rostos, frio e escorregadio; uma geada de verdade seria melhor. A cobra ganhou vantagem e move-se sinuosamente entre os vagantes, ameaçando encurralá-los por detrás das árvores, mas sem ter sucesso no ataque decisivo. Depois de uma caminhada que parece interminável, Marja vê uma casa no topo de uma colina e a cobra se recolhe em um campo aguardando que a viagem continue.

Um cachorro muito magro late no pátio. Ele mostra os dentes. Ruuni faz uma careta em resposta.

– Voltem para onde vocês vieram!

Um homem grande com um bigode caído abre violentamente a porta da casa. Ele está vestindo apenas roupas de baixo. De seu punho erguido, um dedo longo se estende, apontando para o campo. O mesmo campo no qual a cobra de Marja se acomodou. Ela tem tempo para esperar, Marja não tem.

– A criança está cansada. Tenha piedade, por favor – implora Marja.

Uma mulher magra aparece vinda do estábulo. Ela vai até Marja, que segura Juho, e segura o queixo do menino para virar sua cabeça e olhar em seus olhos.

– Algum de vocês tem doenças?

– Não, mas o menino está exausto, faminto, com frio...

– Você não pode mandá-los embora para a noite – diz a mulher para o marido, de pé nos degraus.

– O outro é um homem adulto, eu não o abrigarei. Ele

é um ladrão, pode-se ver.

– Você pode passar a noite com a criança. Pela manhã vocês irão para o vilarejo. Não importa se você está disposta a isso ou não. Aquele ali pode partir agora. Se ele se apressar, chegará antes de estar totalmente escuro – diz a mulher com superioridade.

– Estará escuro a qualquer momento – reclama Ruuni.

– Então você terá que ir às escuras, não é da minha conta. O vilarejo não é tão longe.

– Há outras casas aqui onde poderíamos tentar? – pergunta Marja.

– Não, se houvesse eu já teria falado para vocês irem. Vocês não estão tão longe do vilarejo, o garoto pode tentar chegar lá. Se ele roubar, é sua própria responsabilidade. Vocês provavelmente não conseguirão chegar.

– Eu irei. Esperarei por vocês no vilarejo – diz Ruuni.

Marja se vira para dar um abraço de despedida no menino, mas ele já está descendo o morro.

Marja entra atrás do homem e da mulher, com Juho em seus braços. Pela janela, ela vê Ruuni, que parou ao pé do morro. Seus ombros estão curvados. Rajadas de vento fazem-no balançar como uma pequena bétula. O cachorro magro o seguiu durante um tempo e agora late no meio do morro, onde um pinheiral esparso começa.

– Mãe?

A voz vem de um canto escuro. Quando os olhos de Marja se acostumaram à penumbra da sala, ela consegue ver um garoto sentado em um banco junto ao forno. Ele tem a idade de Ruuni.

– Estou aqui – responde a mulher.

– Quem está aí?

– Visitantes. Você não os conhece.

O garoto olha para o espaço ao lado de Marja como se alguém estivesse lá. Cego, Marja percebe.

– Hora de dormir – o homem diz ao menino.

O menino se levanta e sobe sobre a saliência de tijolos acima do forno. Quando o homem acende o fogo, Marja pode ver o rosto do menino. De novo, ele olha para o lado de Marja e ela não consegue deixar de verificar se alguém está sentado a seu lado.

O fazendeiro se acomoda à cabeceira da mesa, olha ameaçadoramente para Marja e sopra seu bigode. Há algo irrequieto no homem, como se o vento estivesse soprando sobre ele, movendo líquen em galhos de bétula. A mulher acende o fogo no forno e coloca uma panela sobre ele. Logo, o vapor sobe da panela.

Quando a mulher coloca tigelas diante de Juho e Marja, o homem se levanta e desaparece no quarto. As tigelas contêm mingau cinza. A mulher se acomoda silenciosamente à cabeceira da mesa, onde o homem se sentava há pouco. Ela tem meio pão no colo e quebra pedaços, que dá para Marja.

– Obrigada.

Marja vê novamente o rosto do menino cego na prateleira de tijolos acima do forno.

– Vá dormir – resmunga a mulher. O rosto desaparece na escuridão.

– Ele sempre foi... cego?
– Desde que nasceu. Mas ele não é mais o único com o problema neste vilarejo – a mulher responde.

O triunfo duro na voz da mulher dá arrepios em Marja. O mingau na tigela parece neve lamacenta no caminho para o estábulo na primavera. Mas agora até a ideia de primavera parece melancólica. Marja não vê o verão que se segue, mas um inverno longo que continua para sempre. Ela leva a colher aos lábios e olha fixamente para a escuridão da prateleira de tijolos; olhos cegos vêm de encontro aos dela.

Em seu sono, Marja ouve os tacos do chão rangendo quando passos se aproximam no escuro, carregando com eles uma respiração ofegante. O clique de um acendedor, um pedaço de madeira é aceso com um estalo e, na luz fraca, uma figura ameaçadora cresce sobre a parede. Uma figura bizarramente alta trémula, de forma espectral, tirando a camisa. O homem se inclina nu sobre Marja e rasga sua saia e camisa antes de ela ter tempo de reagir. Um grito está preso em sua garganta, o terror congela sua voz, é como uma massa de água engolindo alguém que não sabe nadar, negra e fria.

– Você não acha que pode comer nossas últimas migalhas de pão de graça, sua puta?

O homem empurra os dedos entre as pernas de Marja, tira-os, cospe neles, e força-os de volta para dentro. Ofegante, ele os enfia brutalmente em Marja, que é mantida debaixo da água pela mão fria de terror, que não a solta. Sem ar. Então o homem a penetra violentamente.

– Égua seca de porra – resmunga.

O momento que parece sem fim termina quando o homem faz um barulho. Então ele dá um grito e parece sair flutuando de Marja.

Sua esposa o puxou pelo cabelo. Ele coloca a camisa e desaparece novamente no quarto, xingando o menino cujo rosto se agiganta sobre a prateleira acima do forno.

Finalmente, a voz de Marja é liberada de sua garganta. Ela a engole de novo quando vê a mão da mulher, levantada e pronta para bater, embora ainda tremendo no ar.

– Puta, puta, puta – dispara a mulher por entre os dentes.

Ela agarra Marja pelo cabelo e a gira. Juho prende-se ao pescoço da mãe.

– Você pode ir para o estábulo por esta noite, junto com todas as outras vacas, embora não haja nenhum touro para você lá – diz a mulher, soltando-a finalmente.

Marja junta suas roupas rasgadas, veste Juho apressadamente, vai até a porta e a abre. Lá fora está escuro e frio. A mulher está de pé na sala principal, sob o brilho do fogo, e puxa agora o próprio cabelo. A cabeça do menino cego surge da saliência, procurando a luz, movendo-se de um lado para outro como um pêndulo.

A mulher solta seu cabelo e sua expressão de angústia torna-se, instantaneamente, de arrogância. Ela tira uma lamparina de um gancho junto à porta, acende-a e dá a Marja.

– Vá. E pela manhã, você não estará mais aqui, puta.

A escuridão ascende da neve, junto com os flocos que rodopiam. O vento roça nas árvores; além disso, o silêncio da noite é infinito. A porta do estábulo resiste às tentativas de Marja de abri-la, então o vento bate, abrindo-a e, ao mesmo tempo, a neve cai lá dentro, levando Marja consigo. Ela ouve o som tímido de vacas.

Há brasas no forno do estábulo, radiando a mesma luz fraca que no moinho. Marja pendura a lamparina em um gancho e acrescenta alguns galhinhos às brasas. Eles pegam fogo com um pequeno estalo, como o gelo em uma poça quebrando-se debaixo dos pés. Ela encontra uma coberta de cavalo ao lado do forno e a enrola em Juho.

Há três vacas magras no estábulo. Marja vê uma tosquiadora que foi enfiada em uma fresta entre a parede e a soleira da porta. Ela a tira, escolhe o animal com aparência mais saudável e faz um pequeno corte no pescoço. A vaca solta um grito vencido. Marja lambe o ferimento e começa a sugar sangue. A vaca se abaixa de novo e atinge Marja, fazendo-a cair. Ela está deitada no chão e tenta lamber as lágrimas de seu rosto, mas não há lágrimas.

– Mamã, me esquenta – pede Juho.

Marja se arrasta até o menino, se enrola dentro do cobertor a seu lado e adormece. Ela tem um sonho em que não existe. Um sonho que não contém um sonho, apenas a escuridão sem cor ou limites.

Finalmente, Marja renasce no meio da escuridão. De início, ela é apenas um reflexo na superfície da água, depois seus sentidos preenchem a imagem sem piedade. A escuridão em torno de Marja muda lentamente para um espaço que ela reconhece como sendo o estábulo. Uma luz pálida escorre da porta, depois condensa-se em uma mulher, que se abaixa para pegar a tosquiadora ensanguentada e a lança na direção de Marja.

– Que diabo a enviou aqui?

Os olhos da mulher brilham de ódio. Marja luta para se livrar do cobertor e sai tropeçando do estábulo, puxando Juho com ela. A mulher a segue, segurando um balde. No pátio, o fazendeiro está chamando o cachorro, que não pode ser visto em lugar nenhum.

– A sua puta fez a vaca sangrar!

O homem pula em Marja, cai sobre ela de forma a deixá-la debaixo dele e esfrega neve em seu rosto.

– Vou matar você, vou matar você!

O homem aperta a palma fria de sua mão contra seu rosto. Marja ouve o choro de Juho. Entre os dedos do homem, ela vê a mulher levantando o balde com o intuito de bater. Um baque ecoa e a mão solta o rosto de Marja. O homem desmaia.

Marja agarra Juho pelo ombro e começa a descer o morro aos tropeços. Ela apenas ousa olhar para trás quando chega ao pé, para ver a mulher batendo no homem agachado com o balde.

Juho arrasta a mãe do monte de neve. Ofegante, ela começa a andar com dificuldade. A ventania arranca a neve do campo e a joga para os lados. Ela não consegue decidir de que ângulo deve atacar os viajantes.

Marja vê uma ponte à frente: uma estrada para outro mundo, um mundo que é igualmente branco. A ponte em si é apenas um ponto escuro na paisagem.

De repente, Marja vê o cadáver de um cachorro coberto de neve ao lado da estrada. O véu de neve é fino – o cachorro não esteve jogado lá por muito tempo. Seu flanco foi rasgado e tripas estranhamente cinza são mostradas através da abertura. Dentes a rasgaram. Marja não sabe se os arrepios gelados que ela sente são por causa da visão grotesca ou da ventania. O cachorro é aquele que latiu para eles ontem quando chegaram à casa.

Marja pisa na ponte. Ela levanta Juho e aperta a criança contra o peito o máximo que sua fraqueza permite. A ponte é uma língua gulosa, pronta para transportar o viajante para dentro da goela do inverno, para satisfazer sua fome infinita e insaciável.

O vento decide agora por uma direção e empurra Marja pela ponte. Redemoinhos de neve sobrepõem-se a seus pés, a corrente não flui mais debaixo da ponte, mas a seu lado, em direção da planície coberta de neve do outro lado, onde a estrada desaparece.

A distância, ela vê as árvores circundando o espaço aberto, elas se transformam em desenhos de espirais e palácios na cidade do czar. Elas fogem, tremulando, no nada e em direção ao nada Marja se arrasta, com Juho nos braços. O próprio czar desce para a copa do maior abeto, mas vestido como a morte, como um corvo preto.

Tendo passado a ponte, Marja vê o corpo. Ele está enrolado na posição fetal, mas o rosto está virado para o céu, a boca aberta em uma careta eterna. Como se o homem que morria tivesse percebido no último instante que o útero onde ele se acomodara para esperar o renascimento fosse o útero obscuro do inverno infértil.

As orelhas, grandes demais para a cabeça esquelética, fazem o corpo parecer um morcego congelado. Os dedos compridos ainda seguram os joelhos desesperadamente. Marja se inclina para mais perto do rosto de Ruuni. Leva um tempo para que perceba que realmente é Ruuni. Ele não tem mais olhos; o czar os herdou e ele agora está sentado no topo do grande abeto mostrando-lhes seu reino. Aqui estão vocês, aqui está seu São Petersburgo, um campo coberto de neve. Não posso lhe dar mais.

Olhando para a boca aberta do menino, Marja percebe que o pelo e a carne de cachorro ficaram grudados entre seus dentes.

Ela coloca os lábios carinhosamente contra os de Ruuni. Ela sente o frio da morte ao inalar, beijando o menino morto.

Uma rajada de vento joga uma mortalha fina de neve sobre o corpo. Algo força Marja a levantar e prosseguir, mas suas forças esvaem-se após alguns passos. Ela está paralisada. Uma ânsia sem fundo emerge das profundezas de seu estômago vazio. Marja tenta imaginar a cor da vida no rosto de Ruuni, mas vê apenas orelhas brancas azuladas estilhaçadas pelo gelo.

A ânsia engrossa-se transformando-se em tristeza. A tristeza preenche seu corpo, transforma-a em um barril cheio de água pesada que aperta contra as laterais, de forma que elas não mais aguentam. Mataleena e Juhani dormem nas profundezas de sua água-tristeza. Marja dá alguns passos incertos à frente, então as alças que mantêm o barril inteiro cedem.

A água sai explodindo, desenfreada, molhando seus pés e escorrendo por suas pernas até o alto, até ela se tornar um lençol sujo pesado por causa do líquido. A umidade cristaliza-se em neve em pó, através da qual o vento bate. Marja desintegra-se em uma nevasca. Montes de neve cobrem Mataleena, deitada sobre a tábua. Marja pede ajuda a Juhani, mas sua voz é apenas um sussurro. Juhani, como um cisne, está preso ao último pedaço de água, congelado. Ele não pode sair voando e, ao contrário, baixa sua cabeça à beira do gelo e desliza lentamente para a água negra quando o buraco fecha-se inteiro.

Marja sente seu corpo despencar. Ela solta a mão de Juho. A queda continua para sempre, ela vê tudo transformar-se em um campo infinito de neve.

Então, a eternidade cessa. A terra não a recebe delicadamente. Um frio impiedoso a aguarda, neve infinita, que explode em uma nuvem enquanto Marja tropeça.

A cor da morte é branca. Seu trenó para junto a Marja. A própria Morte ocupa o lugar do cocheiro. Até o czar desceu da árvore e está sentado com a Morte. O trenó desaparece, uma escuridão branca cai e enterra tudo.
– Mãe...
A voz de Juho. Depois nada.

O senador

O latido de um cachorro solitário ecoa na rua, intensificando-se até se tornar um uivo. Em algum lugar a distância, na direção de Kamppi, outro cachorro oferece acompanhamento. O senador sobe hesitantemente a rua Yrjönkatu. Ele para em frente à sua casa e olha para as janelas escuras.

Um terceiro cão une-se ao concerto. Os uivos desolados ascendem e afundam, como uma onda morrendo na praia e desaparecendo na areia para dar lugar a outra. A lua subiu, contra a sua luz, o senador vê o vapor de sua respiração. Ele está sozinho. Seus apoiadores no Senado sumiram aos poucos. Adlerberg conseguirá o que quer e a construção da estrada de ferro de São Petersburgo começará. Uma dívida será feita para tal propósito, uma dívida que custará muito à nação.

A casa parece deserta, as sombras deixadas pelas cortinas escuras enfatizam o vazio. Ninguém está acordado agora, na hora em que ele precisa de alguém para conversar.

Todas as noites, nos últimos meses, ele foi caminhando até a metade para encontrar sua esposa, e toda manhã acordou sozinho, de volta ao início do caminho. E, mais uma vez, à noite, quando abre os olhos, ele vê Jeannette, deitada na cama contorcendo-se, tentando parir um bebê prematuro, enquanto a cama inunda-se de sangue. Ele está lá de pé tomado pela impotência, segurando o corpo de Magdalena, de dois anos. A pequena e doce Magdalena precisa ser enterrada e, agora, Jeannette também está deixando-o e levando o pequenino recém-nascido com ela.

Há dez anos esses sonhos o atormentavam e agora eles voltaram. Uma noite de geada no início de setembro os trouxeram de volta. Depois disso, estava claro que este inverno seria uma catástrofe para o país.

No fim de outubro, Adlerberg voltara a sua posição de governador-geral. O senador se deu bem com Indrenius, que lhe deu carta branca. Adlerberg pegara as rédeas daquelas mãos e agora dirigia a carroça com as próprias mãos: sem cuidado, como um trapaceiro em uma rua de vilarejo em Ostrobotnia.

A construção da estrada de ferro será cara. O empréstimo negociado com os alemães levará a economia nacional à beira da falência. E um grande número de trabalhadores será necessário. Pessoas famintas serão arrastadas de suas casas para trabalhar na construção e é óbvio que doenças serão espalhadas. Muitos morrerão.

Uma luz se acende na casa. Alguém ainda está acordado, afinal. O senador entra pelo portão. Ouvindo barulhos no salão, a governanta sai da cozinha.

O senador vai acender a lamparina sobre a mesa na sala de recepção. Ele abaixa a chama fazendo com que ela mal ilumine duas poltronas e os pequenos retratos na parede na alcova.

– A conta do açougueiro já foi paga?

– Hanna é uma boa menina, ela cuida de tudo em

tempo. Não se preocupe com isso.

– Bom. Você pode ir deitar-se, Ulrika. Eu ficarei acordado por mais algum tempo.

Ulrika dá boa-noite e parte.

O senador anda na sala pouco iluminada, endireitando por hábito as pregas das cortinas. Ele mesmo as pendurou enquanto Jeannette ainda era viva.

Depois de servir-se de uma bebida, ele se senta em uma das poltronas e olha fixamente para a poltrona à sua frente. Se ao menos algum velho amigo estivesse sentado lá, alguém com quem ele pudesse discutir a situação do mundo.

O senador aumenta a chama na lamparina para que ilumine adequadamente os retratos na parede. Ele examina o rosto de Jeannette, reestuda-o para ter certeza de que ele jamais se apagará de sua mente. Aquela expressão séria e os olhos escuros que se fecham só um pouco, com charme.

A lua foi para trás de uma nuvem. A rua Yrjönkatu está na escuridão. O senador abre um pouco a cortina e vê seu reflexo na janela. Ele fuma seu cachimbo e no rosto trêmulo, no brilho, por um momento, há um sulco profundo visível entre os olhos.

As pessoas parecem terrivelmente interessadas em detalhes, pensa ele. A coisa mais importante, entretanto, é ver o todo; apenas a visão total dá os detalhes de seu significado. Caso contrário, eles são deixados pendurados no nada, como se o sulco em sua testa fosse apenas um arranhão no vidro da janela.

O livro de Juho

A criança é a primeira a cair. Ela consegue ficar novamente de joelhos, mas quando a mulher vem ao chão, é como se ela estivesse desintegrando na neve. Teo fala para o cocheiro parar. O homem pragueja ao puxar as rédeas.

A mulher está morta. Teo tira o chapéu de pele e se ajoelha para prensar seu rosto na neve ao lado do rosto dela e olhar em seus olhos. Eles estão cobertos por um véu pálido, como cortinas em frente a uma janela; por trás do véu há o vazio desolado do tipo que se pode ver apenas nos olhos dos mortos. Teo tenta conjurar uma última chama fraca no olhar da mulher, mas não há chama alguma. O fogo foi transferido para o menino; ele não sobreviveria muito tempo sem aquela luz emprestada.

O cocheiro da estalagem diz que eles não são habitantes locais.

– O que devemos fazer com eles? – pergunta Teo.

Não é problema de Teo, pensa o cocheiro, somente se ele mesmo escolha ser assim. O próprio cocheiro os deixaria aqui, o menino também, ao lado de sua mãe, de qualquer forma, ele não sobreviverá. Teo pega o menino e o carrega para o trenó. Ele o separa de sua mãe. Embora a morte já o tenha feito, Teo está simplesmente tentando impedir que o Ceifador corrija o erro.

Alguma distância foi percorrida até que o menino

olhasse para trás; somente então ele percebe o que aconteceu e estica a mão e sussurra: "mãe". A mulher continua deitada no meio do campo. A neve a envolve suavemente. Quando o trenó chegasse à floresta, os viajantes já não poderiam distinguir a mulher da neve, se eles não soubessem procurá-la.

Se o menino dormir, ele não acordará. Talvez o cocheiro estivesse com a razão, pensa Teo. Talvez fosse melhor para o menino morrer ao lado de sua mãe, em vez de em um trenó de uma pessoa desconhecida. Eles acabariam na mesma vala comum; poderiam ficar juntos, nenhum deles teria que entrar em seu sono eterno sozinho.

Mas o menino está vivo.

Ele se assusta por sua vez e pede pela mãe. O olhar de Teo passeia sobre as árvores que passam. A luz nos galhos cobertos de neve está tornando-se gradualmente azul. O chapéu de pele esfrega sua testa desagradavelmente.

– Qual é o seu nome?
– Juho.
– Sou Teo... Tio Teo. Onde está seu pai?
– Dormindo.
– Onde seu pai está dormindo?
– Mataleena foi junto com o pai no celeiro.
– E quem é Mataleena?
– Minha irmã.
– Sua irmã está dormindo também?
– Sim, ela está – sussurra Juho.

Não há mais pai, a mãe ou Mataleena; há apenas Juho.

O menino olha fixamente para o chapéu roto do cocheiro.
– De onde você vem? Quero dizer, onde vocês moram ou onde vocês moravam? – tenta Teo. Ele encontra apenas os olhos sem qualquer compreensão do menino. Ele percebe quão inútil é tentar descobrir de onde o menino e sua mãe saíram para mendigar.
– Minha mãe irá para o celeiro também? – pergunta Juho.
– Sim, provavelmente... Mas o tio o levará para a cidade agora.
– Verdade, para a igreja?
– Sim, uma igreja muito grande.
– Mas minha mãe não virá?

No povoado, Teo procura o médico local, Löfgren, que não é seu conhecido, mas quando Teo oferece pagar pelo quarto, apesar de eles nunca terem se encontrado, Löfgren recusa-se categoricamente a aceitar qualquer dinheiro e insiste em oferecer a seu colega um lugar onde passar a noite. Eles podem ficar o tempo que precisarem, Löfgren assegura a Teo.
– O menino é um parente. Estou levando-o para Helsinque, seus pais faleceram – explica Teo.
O dr. Löfgren olha para as roupas rasgadas de Juho e enrola a ponta de sua barba pontuda.
– Devíamos encontrar algo melhor para ele vestir – diz

Löfgren. – Considerando que ele está indo para a cidade – acrescenta, rindo.

Ele diz isso a Juho, mas a expressão do menino não muda. Ele olha para os sapatos do médico como se houvesse algo mágico neles.

O menino adormece entre os lençóis limpos. Teo pergunta-se se a criança já viu algo tão limpo. Não que Juho tenha se maravilhado com a roupa de cama, parecia absorver o mundo à medida que ele chegava diante dele. Fome e frio, uma tigela de sopa e uma cama quente: nada disso podia alterar a expressão séria no rosto do menino.

Löfgren dá um copo a Teo, que se levanta da poltrona e vai até a janela. A neve rodopia do outro lado do vidro. A cena parece de alguma forma irreal para Teo, olhando a nevasca do calor de seu quarto. O vidro fino é uma película entre dois mundos. Teo não ousa tocá-la caso ele quebre o encantamento e permita que o exterior penetre em sua realidade.

Ele pensa sobre a mulher deixada caída no monte de neve. Como a neve caiu sobre ela, no final sem envolvê-la delicadamente, mas devorando-a, como um mar em tormenta arrastando um náufrago para as suas profundezas. A mulher era a mãe de Juho. Agora o menino não tem ninguém. Ele está nas mãos de Teo. Depende de Teo que tipo de futuro o aguarda.

Teo viu vários corpos ao lado da estrada durante esta viagem, mas a mulher é a única que viu morrer. Aconteceu rápido, sem drama. A mulher simplesmente caiu e não pôde se levantar novamente. Como se o chão a houvesse engolido e deixado uma casca vazia para trás.

Será que nem a alma pode penetrar nesta terra congelada? Teo reflete. Talvez o que havia dentro da mulher simplesmente tenha desaparecido. A alma desvaneceu-se, como fará com todos. Em alguns, ela ardeu por um instante, consumida como um pedaço de papel jogado no fogo. Em outros, como naquela mulher, ela queimou lentamente até as cinzas e desapareceu ao vento. Se algo restou da mulher, era o menino. Apenas Teo e Juho ainda se lembravam dela. E, embora Teo não saiba de nada sobre a mulher além do seu jeito de morrer, ele sabe que se lembrará disso por mais tempo do que as lembranças do menino durarão. O menino ainda é tão pequeno, ele não carregará essas memórias por muito tempo. Quando Juho for um homem, ele acordará todas as noites de sonhos terríveis em lençóis úmidos de suor, chamando pela mãe, sem saber quem está chamando.

– Em um tempo melhor, veríamos a igreja lá. – Löfgren interrompe os pensamentos de Teo.

Löfgren conta a Teo que conhecia Berg e prevê que Berg não seria o único médico a ser morto por uma epidemia neste inverno.

– Neste aspecto, abrigos onde se trabalha em troca de hospedagem são a solução correta. Os pobres devem ser confinados nas áreas onde vivem. A pior coisa que poderia acontecer seria um aumento nas multidões de mendigos migrantes.

— Elas aumentarão.

— Como é possível fazê-los entender que tal chance é sem esperança? — lamenta Löfgren.

— Sem esperança, mas é uma chance de qualquer forma, como você diz.

— Eles provocam inquietação. O silo de grãos da paróquia já foi pilhado aqui. Tifo, porém, é o maior perigo. Pessoas fracas, passando fome, são as mais suscetíveis, mas ele pode afetar o povo saudável também.

Löfgren diz que, no povoado, há, faz mais de dois meses, um lugar que dá abrigo em troca de trabalho.

— As doenças lá não são transmitidas?

— Uma em cada três pessoas está doente.

— O que eles fazem nesses abrigos?

— Artesanato.

— E os produtos são vendidos?

— Não muito bem. E, mesmo se vendessem, não há comida em lugar nenhum para ser comprada com a renda. Mas a situação é mais facilmente controlável se todos ficarem onde estão. Imagine todas as pessoas doentes vagando pelo país.

— Verdade. Perdoe-me se pareci duro. O destino do menino deixou-me melancólico.

— Compreendo. E a questão é que, nesta situação, só há alternativas ruins. O povo está realmente sendo testado agora — diz Löfgren, colocando mais ponche no copo de Teo.

A neve para no dia seguinte, mas Juho está fraco demais para continuar viagem. Teo esquia com o dr. Löfgren em um monte próximo.

Do alto, a paisagem de inverno, banhada com a luz do sol, parece bonita. Todo o tormento que deixou sua marca na área desapareceu debaixo da neve. Teo olha para a paisagem de floresta em movimento sob o céu e se pergunta até onde ela vai. Ele vai além da floresta e voa por colinas baixas, lagos congelados e campos abertos; as pequenas casas cinza encolhidas à sua volta correm o risco de serem atoladas debaixo da neve com a menor brisa. Ele segue o leito do rio, voa por uma pequena cidade que lembra uma teia de uma aranha ferida. As casas parecem agulhas amareladas de abetos presas à teia. Depois, a floresta novamente, pontilhada de campos, até o mar aberto cintilar no horizonte. A terra mergulha na massa de gelo cobrindo o mar e, em algum lugar lá, na ponta de uma península, está Helsinque. Teo desce mais próximo dos telhados das casas de madeira e, ao mesmo tempo, o mar é libertado de seu cobertor e blocos de gelo são erguidos em pequenos barcos de pesca para servir como velas. Alguns deles ascendem e se desintegram em bandos de andorinhas sobre o mar aberto. Ele faz a curva em direção a Katajanokka e fica boiando em meio a um bando de andorinhas, para ser carregado por brisas soprando sobre o mar próximo à costa. De lá, ele vê Matsson, que está sentado em frente à sua casa checando suas redes. De tempos em tempos Matsson bate seu cachimbo contra uma pedra. Ao fazê-lo, ele fala com Juho, que está sentado a seu lado, observando com interesse como seu guardião está analisando as redes. Matsson diz algo que faz a criança rir.

As árvores a distância parecem muito pequenas, porém, elas são tão grandes quanto aquelas ao lado das quais Teo está agora. E se, neste universo, os pinheiros são tão pequenos, quanto pequeno ele deve ser com suas preocupações?

Ele é tomado pelo mesmo sentimento de insignificância que sempre bate ao observar o mar quando venta. E esse não é um sentimento mau – ao contrário, é libertador.

O mar junto à velha cidade está congelado. Nos campos de Kumpula, o vento faz a neve rodopiar, mas aqui, nas redondezas da cidade, não parece tão deserto quanto o continente esparsamente povoado.

Eles passam por um grupo de pessoas maltrapilhas. Algumas delas saem do caminho, indo para as laterais da estrada; outras ficam no meio do caminho, agindo como se o trenó não estivesse lá. Quando o cocheiro segue direto na direção deles, eles levantam punhos cerrados e praguejam na direção do trenó que parte. Ninguém simplesmente sai da frente com educação. Talvez eles tenham aprendido algo durante suas andanças; ou você segue teimosamente em seu caminho sem dar passagem ou vai se arrastando para dentro da neve para sair de debaixo dos pés de todos e se curvar humildemente de lá. Mas talvez você não tenha forças para voltar, ficando, ao contrário, paralisado no lugar, transformado em uma escultura branca como a mulher de Lot.

Depois da nova estrada de ferro levando ao porto, o terreno muda, tornando-se pedregoso e arborizado. Em alguns lugares espalhados há casas baixas de madeira. À esquerda, entre a estrada e o mar, há casas maiores. Das fornalhas de Hakaniemi, linhas escuras de fumaça riscam o céu azul.

Teo imagina como, dali a dez anos, o passeio estaria cercado de residências. Em um dia ensolarado de inverno como aquele, Juho sairá de uma habitação e andará até uma das numerosas fábricas pequenas que, segundo Lars, surgirão aqui.

Otimista, tão otimista, Teo ri caçoando de seus pensamentos. Ele os leva para um salão de fábrica pequeno, escuro e fumacento. Lá ele encontra Juho, até recentemente um jovem alegre. Agora sua postura se foi e ele anda curvado, velho antes do tempo, parte de uma multidão sem rosto de outros homens pálidos que, de crianças, transformaram-se em velhos. E, ainda assim, aquelas pessoas miseráveis em suas fábricas estariam menos à mercê do clima e da natureza caprichosa do que estão agora, em seus lotes de terra paupérrimos, nas mãos da natureza sombria e do pântano que cerca os campos.

Eles passam pela cabine de pedágio, que está desocupada porque é inverno. Assim que chegam à ponte Pikkusilta, o homem leva o cavalo a um galope poderoso. Teo se pergunta por que o povo do campo tem sempre que fazer aquilo. O trenó balança, mas Teo se acostumou aos solavancos durante a viagem e não se sente nauseado. O balanço também não parece incomodar Juho. Com seus olhos cinza como o inverno, arregalados e reflexivos, o menino fica de boca aberta diante das cercas passando em alta velocidade e o mar congelado que se abre além delas. Isso é bom, pensa Teo. Tirará sua mãe da cabeça.

O cocheiro tem que desacelerar em Siltasaari. Aqui há fábricas e oficinas e o barulho associado a elas. Teo olha para o oeste com nostalgia; em algum lugar lá, na ponta ocidental da ilha, há uma taverna onde alguns anos atrás, como jovem estudante, ele se sentava com Johan e Matias à mesa de costume, investindo centavos em um jogo de boliche, bebendo e cantando aos berros canções de Bellman. Agora Johan Berg não canta mais e Teo nem cantou para ele nenhuma canção de Bellman como adeus, seguindo, ao contrário, os mesmos hinos tristes que ambos odiavam tanto. Os hinos, porém, combinavam com a paisagem, para o túmulo de Johan debaixo daquele céu cinza, mas ele poderia ter se rebelado contra os poderes divinos cantando Bellman, demonstrado com rebeldia que a alegria certa vez brotava em meio a esse sofrimento e que ela não surgia de uma crença em paraísos de outro mundo, mas da infâmia e da luxúria, para as quais, no final, vivemos, pensa Teo.

Quando eles chegam à ponte Pitkäsilta, o cocheiro grita para impelir o cavalo em um trote novamente. Ele considera habitações e outros usando as inconveniências da estrada como obstáculos que impedem que ele e o cavalo exibam sua incrível velocidade. Seria merecido que o resto da humanidade se juntasse às laterais da estrada, admirando o ritmo do cocheiro. Teo gostaria de lembrar o homem sobre a diferença entre a carroça e seu passageiro, um médico, mas sabe que só receberia um olhar de desprezo; o cocheiro o consideraria um covarde. Talvez com alguma justificativa, Teo tem que reconhecer.

Ele fica aliviado quando finalmente chegam ao bairro de Siltavuori. Chegando à cidade, o cocheiro empurra o chapéu para trás e dirige o trenó com uma calma exagerada.

O próprio Lars atende à porta. A criada está em algum evento de caridade. Lars vê Juho e se abaixa a fim de olhar para o menino, confuso. O menino corresponde o olhar, com a cabeça inclinada para trás, dada a sua altura.

– Você o pegaria?

Lars se endireita tão rápido que Teo teme que ele cairá para trás. Lars finge ter ouvido errado, como se Teo houvesse dito algo muito engraçado.

– Você pegaria o menino? – Insiste Teo. – Você o criaria?

Teo conta a Lars onde e como ele encontrou o garoto e tudo o que ele sabe sobre a criança. Não é muito, mas mesmo assim mais do que o próprio Juho sabe sobre sua trajetória.

Quando Lars finalmente consegue soltar o ar dos pulmões, a exalação parece uma recusa.

– Não se pode pegar uma criança assim simplesmente.

– Você não pode deixá-lo assim simplesmente também. Teo pede a Lars que escute a opinião de Raakel. Lars não acha que isso importa. Ele toma as decisões da família. Pelo menos, decisões desse tipo. Teo pede a seu irmão para consultar a opinião de sua esposa sobre aquilo também.
– Entre – Lars finalmente diz.

Eles estão sentados na sala de estar, todos com exceção de Juho, que está em pé de frente para o grande vaso de porcelana de rosas, colocando o dedo na terra. Teo conta a Raakel o que ele acabou de contar a Lars. Raakel olha longamente para o marido. Teo leva Juho consigo para o escritório de Lars. Ele escolhe *Os contos de Ensign Stål* da prateleira e mostra ilustrações do livro para o menino. Juho olha para elas seriamente e deixa uma marca digital enlameada em cada página, que fica mais fraca página por página.

Quando eles voltam para a sala, Lars ainda parece hesitante. Mas quando Raakel se ajoelha ao lado do garoto, o assunto está decidido.

Ela acaricia os cabelos claros de Juho, o menino mexe a cabeça para o lado após cada toque.

– *Mamma* – diz Raakel, apontando para si.

O menino olha para ela inquisitivamente com seus pequenos olhos cinza como gelo, então o gelo subitamente se quebra: Juho sorri e lágrimas escorrem no rosto de Raakel.

Abril de 1868

De vez em quando, surpreendentemente, pode-se ouvir o ruído suave de um riacho. A neve está derretendo. No cemitério da velha igreja, cruzes estão descobertas. Elas olham à sua volta para ver se já é tempo de emergir e lembrar o homem da transitoriedade diante do ciclo de estações.

Lars Renqvist entra no parque pelo portão no lado da rua Bulevardi. Ele anda com as mãos atrás das costas, olhando para o céu sem nuvens. Um bando de pardais chama-lhe a atenção e ele se lembra do último julho e de um pardal empurrando um disco de cobre pelos paralelepípedos da praça do Senado. O pobre pássaro mexia a cabeça para um lado e para outro, tentando segurar o pedaço plano de metal com o bico, e quando não conseguia, empurrava-o de novo.

– Aonde você o está levando, Sisyphus? – pergunta o senador. Ele pegou a moeda de cobre de dez centavos. O pássaro saiu voando, mas não para longe, e eriçou as penas iradamente para eles.

Juntos eles haviam denegrido a falta de cuidado das pessoas, plantando dinheiro como milhos, como se uma plantação fosse brotar de entre os paralelepípedos do mercado. Então, o senador levantou a moeda e eles a examinaram sob a luz do sol, o floreado do "A" imperial. O senador mandou Lars notar o fato de que estava opaca, tendo passado por tantas mãos. Isso, na opinião do senador, significava apenas uma coisa: a vitalidade econômica desse povo. Quem poderia ter adivinhado? Então isso era, de certa forma, uma semente, a semente de uma nação, o germe de sua riqueza, disse o senador. Ele deu um tapa no ombro de Lars de forma amigável, e Lars estava mais feliz do que jamais tinha estado. Como Goethe e Eckermann, ele pensou – é assim que eles seriam lembrados. E nada mais poderia dar errado; o verão finalmente chegou e a cúpula da Igreja de São Nicolau estava banhada pela luz do sol. Até em junho, havia rumores sobre trenós ainda passando sobre lagos congelados no interior, parecia que o inverno nunca acabaria. Um ano magro sucedera a outro, mas então, em julho, Lars sentiu que tudo mudaria para melhor. O centeio teria tempo para a colheita. Mas o outono veio, cedo demais, seguido por um inverno sem fim.

De qualquer maneira, a primavera está aqui agora.

– Vocês são como o Senado, brigando por causa de grãos – diz Lars para os pardais.

Ele bate palmas, tentando afugentar os pássaros, que começaram a interferir em sua linha de pensamento. Ocupados demais brigando, eles não lhe dão nenhuma atenção. Lars pergunta-se quem pode carregar feixes de grãos pelo parque em uma época como aquela, quando não há nada deixado no chão para as pessoas comuns pegarem. Ele pensa em 1711, o ano da praga, e olha para a lateral do parque, como se estivesse vendo lá um velho conhecido. Centenas de pessoas que morreram na época estão enterradas aqui; fracassos de colheita e epidemias visitam este povo frequentemente.

Dois anos depois da peste, os russos destruíram a cidade. Mas os habitantes voltaram e a reconstruíram. No mesmo lugar. Sobrevivemos à peste e à guerra, e provavelmente conseguiremos sobreviver a este ano também, pensa Lars, mas ele ouve uma voz em sua cabeça: talvez consigamos, muitos outros não conseguirão. É a voz de Teo.

– A Casa do Senado fica tão morta quando o senador não está. – Suspirando, Lars vira-se para um pardal que saltitou em seu sapato para pegar um pedaço de casca.

O conselho ou ordem do governador-geral Adlerberg para o senador – solicitar uma ausência de três meses – significa despedida do Senado. Sua carreira política está acabada e Lars sabe disso. O senador não estava pronto para a aposentadoria. A primavera pode chegar na hora este ano, mas isso em si não significa nada. Uma verdade desoladora surgirá de debaixo da neve. Para as pessoas, o derramamento de sangue continuará até o outono.

Lars para ao canto da velha igreja. Ele tomba um pouco a cabeça para o lado, como uma marionete de madeira controlada por cordões invisíveis. Passando pela beira do telhado da igreja, ele olha para o céu azul. De Katajanokka vem o som do tiro de canhão que acontece todo dia ao meio-dia do quartel da Marinha.

O som do tiro de canhão perdura nas vielas de Katajanokka, procurando um caminho através de seu labirinto para a baía e o mar.

A neve mistura-se com lama sob os pés de Teo e escapa do caminho para as sombras das casas e a proteção das fundações de pedras insignificantes. O inverno cruel procura refúgio nos mesmos casebres que recentemente estava atingindo por todos os lados. Mas os barracos grosseiros de Katajanokka resistiram ao ataque, eles ainda estão de pé, tão tortos quanto os dentes de seus moradores.

O sol da primavera bate, a neve derrete em pequenos rios que murmuram pela viela. Três crianças colocam uma roda na maior das correntes.

Se as forças da natureza não são capazes de atirar essas habitações miseráveis no mar, o que poderia destruí-las?

Matsson está sentado em uma pedra em frente à porta aberta de sua cabana e enche o cachimbo. Teo nota que o homem perdeu peso desde a última vez que se encontraram. O rosto de Matsson está mais enrugado.

Ele é um pinheiro que vem crescendo na ponta de uma ilha pedregosa por cem anos: cada batida, cada provação deixa sua marca em seu tronco, mas ele somente parece mais forte do que antes.

Saara sai da barraca, esvazia um balde de lixo em uma longa depressão que serve como uma vala e entra novamente. Se Matsson perdeu peso, as maçãs do rosto de Saara perderam cada partícula de gordura que um dia haviam tido. Mas sua gravidez é mais evidente do que antes. Sua barriga está redonda, uma colina emergindo atrás de um lago de águas claras.

Durante sua última visita, Teo sorriu internamente e se perguntou se devia parabenizar Matsson pela criança. Matsson, por sua vez, olhou para ele como se avaliasse cartas em sua mão.

– O gelo está quebrando – Matsson disse finalmente. Ele contou a Teo que planejava ir ao mar quando os navios estivessem movendo-se de novo. Teo perguntou o que Matsson faria com Saara. De fato, era exatamente sobre isso que Matsson queria conversar. Teo já começara a sorrir, assumindo que Matsson iria dar-lhe a responsabilidade do nascimento do bebê. Mas, então, se lembra que ele mesmo dormira com Saara também e contou os meses.

– Você mora sozinho. Por que não tomar a garota como uma criada? Ela é capaz. É claro que ela não sabe nada sobre os pratos finos que vocês da elite comem, mas ela aprenderá.

Matsson fica quieto por um momento, olhando fixamente para seus sapatos. Ele soprou um filete fino de fumaça em direção aos seus joelhos e pareceu hesitar.

– E ela não está larga de tanto sexo – disse, por fim, sorrindo bestamente.

– Uma rua se gasta com a caminhada sobre ela? – Respondeu Teo com uma tentativa de ser arrogante que não teve muito sucesso.

Matsson olha para Teo, como um mestre olharia para

um aprendiz imaturo tentando falar como um homem.

– E a criança? É sua? – pergunta Teo.

– Minha, sua... do polonês, quem sabe? É dela de qualquer maneira, de Saara. Elas são todas iguais quando nascem, crianças do mesmo mundo. Outra coisa é se nasce em um casebre e outro em uma mansão – isso faz diferença. Isso depende de Deus. Não necessariamente de Deus nos céus, um médico às vezes pode ter esse papel.

O olhar de Matsson fez um buraco em Teo, através do qual o vento do sudoeste soprou. Indignado, pensou que ele mesmo o levara para a cama de Saara e era, portanto, totalmente responsável, mas não podia nem se convencer. Em seguida, pensou, em pânico, por que Matsson deixara que a situação fosse tão longe, por que ele não o chamara no inverno, quando algo ainda podia ser feito. Matsson viu os pensamentos de Teo pelo buraco que seus olhos haviam aberto.

– Eu a teria levado para fazer um aborto, mas ela adivinhou e não veio junto. Lutou.

Teo pensou no escândalo que ocorreria se ele levasse uma criada grávida para sua casa. Foi aí que a discussão parou.

Agora Teo está carregando os poucos pertences de Saara em uma pequena mala que ele trouxe consigo. Saara anda atrás de Teo; ela não fala à toa e isso o agrada. Mas ele sente o olhar da garota em suas costas, aquecendo-o, fingindo ser apenas o sol da primavera. Na praça do mercado

Kauppatori, Teo teve a impressão de que todas as cabeças com cartolas se viraram para segui-los.

Teo mostra a Saara os poucos cômodos de seu apartamento. Ele promete arranjar um sofá-cama para ela amanhã, esta noite ela dormirá na cama de Teo. Ele se apressa para completar imediatamente que ele dormirá no sofá.

– Você só conseguirá ficar com dor nas costas, sem razão – responde Saara.

Ela se senta na beira da cama. Abre a mala, olha para seu interior e a fecha em seguida, sem tirar suas coisas.

Teo olha para a rua, depois para seu próprio reflexo no vidro da janela. A carroça do vendedor de carvão passeia através da imagem. Uma mulher para a fim de olhar o céu.

Ele não foi encontrar Cecília desde que voltou do funeral de Johan Berg. Em março, ele ouviu dizer que Cecília partira. Madame disse que ela fora para São Petersburgo atrás de algum homem de negócios rico. Mas isso não se parecia com Cecília, pensou Teo. Por que outro motivo ela poderia ter partido? Outra razão passa por sua cabeça, uma razão muito mais sombria.

Teo decidiu não se preocupar com as fofocas geradas pela presença de uma criada grávida em sua casa. Ele não tem nenhum futuro nesta cidade, de qualquer forma. Ele está mais preocupado com Lars; seu irmão seria mais afetado pelo falatório.

Teo senta-se à escrivaninha, abre seu diário e escreve: "Quando tudo isso acabar, quando a situação estiver mais calma e as ruas não estiverem mais repletas de multidões de mendigos, viajarei para Vyborg para me assentar lá. E quando a estrada de ferro de Adlerberg estiver terminada, pegarei um trem e irei para São Petersburgo procurar Cecília.

"O que acontecerá, então, não sei. O que eu diria para ela? Se meus piores medos provarem-se reais, há alguma coisa que possa ser feita? Talvez eu possa tentar tratá-la. Aliviar seu sofrimento, para que seu fim não seja tão doloroso."

Saara ainda está sentada na beira da cama, passando a mão na barriga. Ela vai ser mãe, pensa Teo, e, no momento, ele se recorda da mulher que morreu na neve e do menino que ele resgatou. A esta altura, Juho aprendeu a chamar Raakel de "*mamma*", mas ele nunca diz "mãe". Essa palavra não está presente, perdida em algum lugar distante em sua mente. Às vezes ela será sussurrada em seus sonhos, desencadeando uma avalanche de frio, fome e exaustão que nem o sono pode aliviar.

– O bebê chutou. Venha sentir.

Teo coloca a palma da mão na barriga de Saara. A criança chuta de novo.

Talvez, reflete Teo, o bebê já esteja ansiando pela liberdade, pensando em encontrá-la fora do útero e desejando se livrar da corrente prendendo-o à mãe. Quem revelará à criança que tal liberdade não existe? Quanto mais perto da liberdade deslizamos, mais freneticamente agarramo-nos a todos os grilhões em que podemos pôr as mãos. Estamos seguindo fogos-fátuos, cada um levado pela própria compulsão. O comprimento das correntes demonstra os limites de nossa liberdade; somente ao estar contente com nosso destino podemos viver sem que eles nos perturbem. Nossos próprios desejos são grilhões mais pesados. Se os mortificarmos, não precisamos mais lutar.

O senador

Sua postura mudou. Ele se curva levemente, como se o pesado ônus da responsabilidade ainda pesasse em seus ombros. O senador olha para Lars Renqvist, que veio até a porta, pensando se seu subalterno leal sente-se culpado por ter melhor postura do que ele.
Mas uma vez sentado em uma poltrona, o senador se endireita.
– Como previ, a construção da estrada de ferro está se tornando rapidamente o projeto para emergências mais desastroso de todos, exatamente como previ – lamenta.
O fantasma de um sorriso arrogante força para cima os cantos de sua boca. O senador detecta um sorriso parecido tremulando no rosto de Renqvist também, antes de desaparecer rapidamente. Naquele momento, o senador também pensa nos milhares de cadáveres. Fome e epidemias estão cumprindo sua tarefa na multidão.
E, ainda assim, uma voz apagada, porém enfática, em sua cabeça nota que a estrada de ferro ainda representa um passo à frente para seu país, com seus trechos de terra devastados pela geada. É algo permanente, uma base na qual pode ser fundado o progresso para a indústria e o capitalismo. Algo maior do que as oficinas que ele mesmo promovia. Mas o velho diretor de escola dentro dele bate na mesa, silencia tal falatório e envia a voz para o canto coberta de vergonha.

– É, de fato, cara demais em termos humanos. – Renqvist concorda com ele.

– E não só em termos humanos. Não podemos priorizar a felicidade de um indivíduo sobre o futuro da nação. Mas essas condições de crédito, a economia nacional não aguenta. Pagaremos essas dívidas por muito tempo.

O senador fecha os olhos e suspira profundamente.

– Conte-me, Renqvist, você me vê como um homem frio?

– Não, com certeza, não. Você tem visão de futuro. A liderança requer força de caráter. Você foi o único no Senado a demonstrar isso.

– Sim. Eu não sei se tenho estado cercado por lobos ou por ovelhas. Não havia outros modos de lidar com o orçamento. Ninguém podia prever uma devastação como essa. Se eu estivesse agora na mesma situação que eu estava há um ano, não faria nada diferente – diz o senador.

Ele, porém, se sente culpado. A culpa entra em seus sonhos todas as noites. Ele teme que será perseguido por ela até o túmulo. Todas as noites, a mesma figura sem rosto em trapos caminha pesadamente por uma estrada coberta de neve, e ele sabe que é o ano anterior.

A porta da sala se abre e Raakel entra, levando um menininho pela mão. O sol de maio, atravessando a janela, ilumina metade do rosto enrugado do senador quando ele se vira para eles. Sua expressão torna-se mais suave.

– A-ha, então este é o meu xará.

– Sim, nosso Johan.

O menino está vestindo uma roupa de marinheiro que serviria perfeitamente para uma criança com cachos angélicos. Esse menino tem cabelos finos e lisos e as roupas não conseguiam disfarçar seus traços de camponês. Contudo, ele aprendeu a usar seu traje. As olheiras escuras que o menino tinha quando chegou à casa dos Renqvists ainda são visíeis, mas apenas como leves sombras. Sua pele, naturalmente pálida, adquiriu um pouco de cor e seus pequenos olhos têm um novo calor além da velha seriedade melancólica.

A mesa foi posta. Uma tigela de porcelana é colocada diante de Johan. Ele agradece e segura bem sua colher para pegar a sopa da tigela. Mas, de repente, seus olhos são cobertos por um véu e ele parece não notar nada mais a seu redor. Ele coloca a comida solenemente na boca, como se estivesse pondo em cena um mistério sagrado.

– Bem, agora ele não pode ouvir nem ver nada – diz Lars, suspirando, envergonhado com o comportamento do menino.

– Bom, está certo. – O senador ri e passa a mão em uma de suas costeletas. – Ele tem que comer para que tenha força para estudar e construir o futuro da nação.

O senador pega seu copo e o vinho espirra na toalha de mesa. O velho enrubesce. Raakel se levanta rapidamente, dá um sorriso de perdão para sua visita envergonhada e joga uma colher de sal sobre a mancha. Cristais brancos cobrem a mancha de vinho tinto e tornam-se gradualmente mais escuras.

Epílogo

A lateral do barco cedeu. Ela não sobreviveu ao inverno, as tábuas não puderam aguentar o peso da neve. Um pato sai rapidamente de seu ninho e voa sobre o barco avariado, o som das batidas de asa do pato espalhando-se sobre o lago até o vento misturar todos os sons em um silêncio que se mantém intacto. Mas soa a chamada para acasalamento de uma mobelha ártica solitária.

Um homem alto e magro está de pé à beira da água. Ele deixa o olhar vagar sobre as ondas e até a outra costa. Seu corpo, abatido pela fome e a doença, oscila no vento; o homem só pode ficar de pé com a ajuda de sua bengala. Então, os dedos longos e magros deixam cair a bengala ao mesmo tempo que se ouve um lúcio pulando nos juncos. O homem abaixa-se cuidadosamente e senta-se em uma pedra próxima à água. Ele tira os sapatos, a jaqueta rasgada, a camisa e as calças e entra nu no lago. A água ainda está gelada, mas o homem mal nota, pois ele passou por um frio tão infinitamente vasto que, no fim, não era nada exceto o vazio.

O verão chegara. O homem prende-se a essa ideia, esperando que ela preencherá o vazio de sua mente para que não haja lugar para mais nada. A mobelha ártica grita novamente. O homem caminha mais para o fundo e, quando a água chega perto de seus joelhos, ele abre os braços e cai para a frente. O lago o recebe, ele submerge e lentamente vai em direção ao fundo. Por um momento, ele pensa que não voltará à superfície novamente.

Mas então ele começa a nadar.

Ano da fome
©2017, Numa Editora

Tradução: Pasi Loman e Lilia Loman
Edição: Adriana Maciel
Assistência de Edição: Lia Duarte Mota
Revisão: Eduardo Carneiro
Projeto gráfico, diagramação: Design de Atelier/Fernanda Soares
Imagem da Capa: Litografia de Fernanda Soares

F I
L I
Este livro foi publicado em português com o apoio finaceiro da FILI – Finish Literature Exchange, através de acordo com a Siltala Publishing e a Vikings of Brazil Agência Literária e de Tradução Ltda.

O49a

    Ollikainen, Aki, 1973-
      Ano da fome / Aki Ollikainen ; tradutores: Pasi Loman e Lilia Loman. – Rio de Janeiro : Numa, 2017.
      140 p. ; 21 cm.

      ISBN 978-85-67477-10-7

      1. Ficção finlandesa I. Loman, Pasi, 1976- II. Loman, Lilia, 1973- III. Título

                                                  CDD – 894.5413

Foram respeitadas, nesta edição, as regras do novo
Acordo Ortográfico da Língua Portuguesa

Todos os direitos em língua portuguesa reservados à Numa Editora
www.numaeditora.com

Adobe Caslon Pro
Pólen Soft 90
Rotaplan Gráfica